Il castello

103

Andrea Camilleri

La stagione della caccia

Sellerio editore
Palermo

1992 Prima edizione «Quaderni della Biblioteca siciliana di storia e letteratura»

1994 Prima edizione «La memoria»

1998 Prima edizione «Il castello»

Camilleri, Andrea <1925>

La stagione della caccia / Andrea Camilleri. - Palermo : Sellerio, 1998.
(Il castello ; 103)
ISBN 88-389-1498-2
853.914 CDD-20

CIP - *Biblioteca centrale della Regione siciliana*

Indice

La stagione della caccia

Uno

Il pacchetto a vapore che faceva navetta postale da Palermo, il «Re d'Italia» – ma dai siciliani testardamente continuato a chiamare «Franceschiello» per un miscuglio di abitudine, luffarìa e omaggio al re borbone che aveva istituito il servizio – attraccò, spaccando il minuto, alle due di dopopranzo del capodanno del 1880, nel porto di Vigàta.

Mentre dalle traballanti farlacche prontamente accostate al fianco del postale s'avventavano a terra i passeggeri di stiva in un subisso di vociate saluti pianti ceste di frutta sacchi di patate carusi panieri di pane mazzi di galline e pietre di sale, da una più dignitosa ma peggio traballante biscaglina rigida principiarono a scendere quattro passeggeri di gabina debitamente riveriti dal capitano Cumella, ralogio alla mano a significare che lui e la sua nave, mare d'oglio o mare d'aceto, sempre puntuali s'appresentavano. Erano, i passeggeri, a contarli acchianando da banchina a ponte:

il titolare dell'Officina Postale di Vigàta Colajanni signor Carlo, di ritorno da Trapani dove era andato per assistere, con paterna e inesausta premura, la figlia unica Sarafina che si sgravava per l'ottava volta;

la signora Tumminello Clelia, donna di sostanziosa bellezza, attaccata però da un male scognito che l'obbligava, una volta ogni due mesi, a portarsi a Castellammare per le necessarie cure: ma il vero giovamento, a detta delle malelingue, la signora lo

traeva dall'estratto di ràdica che un suo vigoroso cugino di quelle parti era sempre pronto a somministrarle;
il comandante la guarnigione di Vigàta, Amedeo tenente Baldovino (o Baldovino tenente Amedeo?) di Cuneo, le cui militaresche mani sorreggevano i fianchi della signora Clelia nella pericolosa discesa dalla biscaglina.
Dopo i tre, gli altri scalini se ne restavano vacanti perché il quarto passeggero, un giovane forasteri non ancora trentino, abito quatrigliè e coppola inglese, di personale non tanto spicato, di stretto baffo e di asciutta prisenza, stava con un piede sul ponte e l'altro a mezz'aria, e pareva lo facesse apposta, con quel gesto di pedata, a mettere giusta distanza fra sé e gli altri compagni di viaggio.
Come del resto distante si era mantenuto nel corso della navigazione; di scarsa e cortese parola all'occorrenza ma subitamente mutànghero non appena la curiosità altrui manifestava l'intenzione di conoscerne nome cognome e professione.
Per cominciare a scendere la scaletta, il forasteri aspettò che il trio che lo precedeva avesse saldamente toccato terra e si fosse scambiato doverosi inchini e strette di mano e levate di cappello, poi si mosse. Ma senza prescia, bello posato, la testa che girava ora a dritta ora a mancina per taliare le basse case di Vigàta pittate di giallo, bianco, verde e azzurro. Sulla banchina, in un fiat, non c'era più anima creata, i passeggeri e quelli che li aspettavano erano scomparsi, cancellati da un gelido vento di tramontana. Arrivato ai piedi della biscaglina, il forasteri, che aveva in mano solo una valigetta a soffietto, si voltò a taliare capitan Cumella.
«Per il mio baule...» principiò.

Capitan Cumella l'interruppe con un ampio gesto del braccio.
«Non abbia preoccupazione. Provvedo io».
Al forasteri bastò traversare due strade completamente prive di vita per trovarsi sulla piazza principale di Vigàta. Nello slargo si affacciavano la Chiesa Madre, il Circolo dei nobili, il palazzo a tre piani del barone Uccello, quello a due del marchese Peluso, cinque scagni di magazzinieri di zolfo, trita e fave, la Banca Sicula di Credito e Sconto e il Municipio. Tra la Chiesa Madre e il Circolo dei nobili si partiva il corso, una stradina come le altre ma un poco meno a torciglione. Magari nella piazza forma d'esistenza non c'era, fatta eccezione per un cane pezzato che stava comodamente pisciando ai piedi di una curiosa statua senza basamento, allocata allato la porta mezza chiusa del Circolo dei nobili. Assurdamente poggiato sopra un'autentica seggia di paglia a braccioli, il monumento rappresentava, in un colore tra il marroncino e il grigiastro, un decrepito signore di lunga barba, in stiffelius, un bastone da passeggio fra le mani incrociate sul ventre. Come il forasteri ripigliò a camminare dirigendosi verso il corso, magari il cane si mosse girando ranto ranto la statua, poi si fermò, isò nuovamente la zampa e mirò dritto alla finanziera che toccava terra. Ma a metà piazza il forasteri s'immobilizzò, imparpagliato: provava la fastidiosa sensazione di avere sopra di lui un paio d'occhi fissi e fermi, però non gli riusciva di stabilire la provenienza di quella minacciosa taliàta. Diede ancora qualche passo, non persuaso che avanzare allo scoperto fosse la cosa giusta, e fu proprio allora che la statua alzò, con una penosa lentezza che il forasteri aveva qualche volta patito nell'incubo di un sogno, il

braccio destro, e la mano agitò debolmente le dita verso di lui in un chiaro invito a farsi più vicino. Sentendosi di colpo la camicia impiccicata alla schiena per una colata di sudore, il forasteri si fermò all'altezza del vecchio; si calò a livello di una faccia divenuta come modellata nella creta per lunga esposizione a sole e a gelo e nelle cui profonde rughe cacate di mosche e di piccioni formavano un impasto ruvido; scoprì, sotto le ciglia incatramate di sabbia e polvere di zolfo, la lama feroce di due pupille vivissime. In silenzio, il vecchio contemplò il forasteri per qualche istante, poi si rimescolò tutto e spalancò la bocca come per fare meravigliata voce.
«Madonna biniditta!» riuscì ad articolare raschioso. Calò le palpebre, ripetendo ancora fra sé, ma stavolta con un tono quasi di rassegnazione: «Madonna biniditta!».
Cortese, paziente, il corpo piegato a mezzo, il forasteri diede al vecchio tutto il tempo di ripigliare fiato e tornare ad aprire gli occhi.
«Tu sei...» principiò il vecchio ma proprio nel momento in cui stava per dare nome e cognome al forasteri, la memoria gli scartò improvvisa, abbandonò quel filo faticosamente tirato da un pozzo nero di ricordi piombigni, si perse in un labirinto di nascite e morti, trascurò avvenimenti come guerre e terremoti per ancorarsi stabilmente su un fatto successo al vecchio quando aveva appena quattro anni e un cane da caccia di suo nonno l'aveva morsicato dopo che lui l'aveva murritiato con una canna.
«Tu sei un cane da caccia» riuscì a concludere il vecchio serrando a forza le palpebre per far capire all'altro che non aveva più intenzione di perdere fiato.

Il forasteri si levò la coppola, fece un profondo inchino a quello ch'era tornato ad essere un monumento, ripigliò la sua strada.
Magari se non passava giorno che non facesse un'arrubbatina, Sasà Mangione, scaricatore e facchino a tempo perso, non poteva propriamente dirsi ladro. E allo stesso concetto era arrivato il delegato Portera dopo che aveva arrestato Sasà una quindicina di volte.
«Un ladro, perché arraffa le cose degli altri?» si era domandato il delegato. «Perché non ha soldi e se li procura vendendo quello che ha arrubbato. Benissimo, però Sasà non aveva bisogno di soldi, sua moglie era la serva del commendatore Aguglia, un pazzo ex garibaldino che diceva che tutti gli uomini sono quasi eguali e che perciò pagava la sua serva quattro volte tanto. E non solo: Sasà non rivendeva quello che aveva preso agli altri. La lente d'ingrandimento di don Saverio Piscopo, il mappamondo della maestra Pancucci, il microscopio del dottor Smecca, non li aveva ritrovati intatti in casa di Sasà? E allora? C'era una sola possibile soluzione: Sasà arrubbava solo per il gusto di fottere qualche cosa agli altri. Sasà non era un ladro, ma una gazza ladra. E si può tenere in galera un uccello?».
Perciò un giorno aveva chiamato nella delegazione Sasà e gli aveva fatto questo semplice discorso:
«Tu, tutte le volte che t'incaricano di portare cose da un posto all'altro, a ogni dieci passi che fai dici con tutto il fiato del petto dove hai pigliato quella cosa, dove la stai portando e a chi appartiene. Se ti trovo con un filo d'erba in mano e tu non hai gridato quello che dovevi, ti spedisco a San Vito, e in quella galera ci fai i vermi».
Fu per questo che alle quattro di dopopranzo di quel

capodanno, Sasà Mangione, barcollando sotto il peso di un enorme baule pieno di borchie di rame che sparluccicavano e che gli davano un dolore alla bocca dello stomaco all'idea di non poterle svitare e portarsele a casa, attraversò vie e piazze di Vigàta facendo voci.
«Ho pigliato questo baullo dal 'Franceschiello' che arrivò oggi».
«E lo staio portanno nella locanna della signora Concettina Adamo».
«Il baullo è del forasteri che venne col papore».
A sentire quelle parole, il geometra Fede che baschiava nel tentativo di digerire il mezzo capretto al forno che si era mangiato a pranzo, saltò dal letto come mozzicato da un armalo, si vestì e pigliò a seguire la voce di Sasà che si era fatta lontana. Il geometra era conosciuto in paese come «l'amico del forasteri», per la straordinaria capacità che aveva di avvicinarsi a uno straneo appena arrivato e, con poche domande, cavargli vita morte miracoli e risurrezione che poi contava all'attento uditorio del circolo. Sarebbe stato un poliziotto grandioso, ma non aveva né testa né cuore di sbirro. Arrivò affannato alla locanda che Sasà se ne stava appena andando mentre contava i soldi che gli erano stati dati.
«Il forasteri non c'è, se n'è iuto a spasso. Il baullo l'ho fatto portare in camera, il forasteri dice che non deve essere aperto piccamora. E mi aveva lasciato i soldi per Sasà. Contento, signor Fede?» disse la signora Adamo prima che l'altro aprisse bocca.
«Ma glielo aveva fatto sapere che sarebbe arrivato?».
«Certo, il mese passato, con un marinaro del 'Franceschiello' che, l'ultima volta che il postale è stato qua, ha portato pure quattro valige».

«Allora ci starà un pezzo a Vigàta?».
«A me ha pagato quindici giorni anticipati, pensione completa».
«Lo sai come si chiama?».
«Certo. Gli ho tenuto due lettere che gli sono arrivate. Si chiama Santo Alfonso de' Liguori».

Lo riperticò, dopo aver girato per strade e straduzze, vicino al porto, che taliava un palazzotto con le colonne e, magari non avendolo mai visto prima, capì che quello era proprio il forasteri. Gli si accostò con la soddisfazione di un cane di punta che vede confermato il suo fiuto dalla fuitina della selvaggina.
«Buonasera. Sono il geometra Fede. Posso esserle servo in qualche cosa?».
«In niente, grazie» fece il forasteri portandosi due dita alla coppola.
«Bello questo palazzo, vero?».
«Sì. Prima non c'era».
«Prima quando?» scattò pronto il geometra volendo allargare quello spiraglio.
«Prima» ripeté il forasteri. E se ne andò.

Appena arrivato sulla piazza per tornare alla locanda, il forasteri avvertì lo stesso disagio della prima volta che c'era passato. Ma stavolta ne conosceva la ragione e non aveva bisogno di cercare: infatti il vecchio, assittato nella stessa posizione e nello stesso posto del dopopranzo, l'aveva pigliato sotto punterìa con lo sguardo. Pure lui lo taliò fisso in mezzo agli occhi e principiò ad avvicinarglisi, col passo bilanciato di chi va incontro a qualcosa di pericoloso. Appena fu all'altezza del vecchio che manco sapeva come si chiamava, si toccò la coppola con due dita e disse:

«Io sono qua».
Strammò per primo lui stesso. Ma che parole gli erano uscite dalla bocca? Che minchiate stava facendo e dicendo? E perché?
Il vecchio abbassò lo sguardo e, come nel pomeriggio, mormorìò:
«Madonna biniditta!».
«Vossia permetti?».
Il suono di quella voce vicinissima fece al forasteri, che si sentiva tirato come una corda di violino, l'effetto di un colpo di pistola. Sfagliò di tre passi, pronto a mettersi a correre. Quello che aveva parlato era un sessantino alto e grosso, vestito di nero, completamente tignuso. Aveva in mano una coperta che intorciniò con delicatezza attorno al corpo del vecchio. Fatto questo, si voltò a taliare il forasteri.
«Avi bisogno di qualche cosa?».
«Buonasera» fu la risposta del forasteri.

La storia che era successa un'ora prima non riusciva a passargli di testa. A un certo momento il forasteri non ne poté più di quell'assillo e si rivolse alla signora Adamo che stava servendogli un secondo di calamaretti e gamberi fritti.
«Mi scusi, signora, lei lo sa chi è quella persona che sta davanti al Circolo dei nobili?».
«Ce ne stanno tanti sfacennati da quelle parti».
«No, mi riferivo a un signore molto anziano che sta assittato sopra una seggia di paglia».
«Vede, signor Liquori...».
«Liguori».
«... quello è il marchese Peluso, don Federico Maria u vecchiu, come lo chiamiamo noi in paese per non confonderlo con il nipote che porta lo stesso suo nome».

«Dunque sarebbe il padre del marchese don Filippo».
«Preciso».
«E il vecchio non ha nessuno che gli dà adenzia?».
«Come, nessuno? Il suo servo Mimì, uno alto, vestito di nero, senza un capello, lo porta quattro volte al giorno sulla seggia dalla casa al circolo e ritorno. Gli abbada portandogli una coperta se fa freddo o levandogli la giacchetta se fa caldo. E continuamente lo talìa da una finestra di palazzo Peluso».
«Io dicevo dare adenzia nel senso, che so, di cambiarlo, pulirlo... Mi è parso veramente lordo».
«La lordìa del marchese è cosa sua propria personale. Non è colpa di nessuno. Quando Mimì cerca di dargli una puliziatina u vecchiu fa voci che pare stanno ammazzando un maiale. Una volta, quando poteva ancora camminare, venne qua a mangiare con un suo amico, e si allordò le mani con il sugo.
«"Vuole lavarsi, eccellenza?" gli spiai io.
«"Figlia mia" mi rispose "per me sciacquarmi le mani è un castigo di Dio"».

Quella sera stessa, al Circolo dei nobili, c'era riunione generale per i nuovi incarichi sociali. Mancava solo il geometra Fede.
«Si vede che è ancora a caccia del forasteri» commentò il barone Uccello.
Il marchese Peluso domandò la parola.
«Prima di mettersi a fare nomi» disse «io ho una proposta seria da fare, e cioè che il Circolo dei nobili non si chiami più così».
«E perché?» spiò il tenente Amedeo Baldovino.
«Perché qua dentro, di nobili, ce ne siamo restati solo due, io e il barone Uccello. Tutti gli altri, non

volendo offendere nessuno, con la nobiltà non ci accucchiano niente. A meno che non lo si voglia chiamare 'Circolo dei due nobili e loro parenti'. Ma viene da ridere».

«Il marchese ha ragione!» approvò entusiasta l'ex garibaldino Aguglia, il commendatore che era persuaso che tutti gli uomini fossero quasi uguali. «Chiamiamolo Circolo Garibaldi».

Cominciarono, in silenzio, a meditare sulla proposta. Poi il dottore Smecca domandò di parlare.

«Non sono d'accordo col marchese Peluso» fece «e avverto tutti che sto parlando a titolo personale. A me, che non sono nobile, fa piacere appartenere proprio al Circolo dei nobili, mentre al contrario, di fare parte di un qualsiasi Circolo Garibaldi non mi fotte un'amata minchia».

Mentre duravano le acclamazioni all'indirizzo del dottore, trasì il geometra Fede. Tornò di colpo silenzio.

«Niente di niente».

«Non ci ha potuto parlare?» domandò Baldovino che, dopo due anni di permanenza, era diventato più vigàtese dei vigàtesi.

«Per parlare, ci parlai. È persona gentile, certo, ma grevia, scostante».

«Scostante lo è sicuramente» rincarò il tenente. «Durante la traversata né il signor Colajanni né la signora Clelia sono riusciti a cavare un ragno dal buco».

«Perché» fece Colajanni un poco urtato «non ci provò magari lei a cavarlo questo ragno?».

«Pure io» ammise sorridendo Baldovino.

«Ma una cosa l'ho saputa» intervenne il geometra facendo quindi sapiente pausa. «Ed è il nome».

«Come si chiama?» fu il coro.

«Si chiama Santo Alfonso de' Liguori».
Padre Macaluso, che se ne stava al solito suo ingrugnato in disparte a leggersi il giornale, s'allumò di colpo come un fiammifero.
«Ma che minchiate dice?».
«La padrona della locanda m'ha detto che si chiama così».
«La padrona della locanda l'ha pigliato per fissa. Quello è il nome di un Santo!».
«E io che ho detto? Che si chiama Santo!».
«Minchia, che testa! Alfonso de' Liguori è un Santo, non è uno che si chiama Santo!».
«Mi perdoni, padre Macaluso» intervenne calmo il barone Uccello «ma che è proibito a uno di chiamarsi Santo di primo nome, Alfonso di secondo e de' Liguori di cognome?».
«Non è proibito, ma a me pare una pigliata per il sedere».
«E ha saputo quanto tempo si tratterrà a Vigàta?» domandò il ricevitore Colajanni.
«Una quindicina di giorni. E avrò tutto il tempo per sapere di lui magari quanti peli ha nel culo».
E invece questi peli, per non uscire da metafora, non riuscì a contarglieli: fu il forasteri stesso che decise a un certo momento di far sapere a tutti chi era e che cosa era venuto a fare a Vigàta.

Affittati carrozzino e cavallo, il forasteri si mise a fare avanti e darreri con Montelusa, dove c'erano gli uffici. Qui venne notato mentre entrava nella Regia prefettura, nella Regia questura, nel Regio ufficio delle imposte e in tanti altri luoghi non meno regali: ma lo scopo di questo giro delle sette chiese restava sempre sconosciuto. Una sera, Santo Alfonso fu visto camminare al porto e parlare a bassa voce con Bastiano Taormina, uno con il quale era bene non spartirci il pane assieme e che era meglio non incontrarlo di notte.

Il geometra Fede, che aveva assistito a distanza a quell'incontro, per tutta la nottata non poté pigliare sonno, la curiosità se lo mangiava vivo. La mattina prestissimo, tremando dentro di sé come la gelatina, s'apprisintò al negozio di frutta e verdura di Bastiano Taormina.

«Alla bellezza di don Bastiano!» salutò appoggiandosi allo stipite in una posa che pareva disinvolta e invece era dettata dalla necessità di un punto d'appoggio. Taormina, che stava scaricando una cassa di piselli, manco gli rispose.

«C'è primisso?».

«Trasissi».

Ora che gli toccava parlare, il geometra si sentì la bocca allapposa.

«Una domanda, una sola e la lascio al suo travaglio. Chi è Santo Alfonso de' Liguori?».

L'altro lo taliò bovino.

«Un santo. Mia madre c'è divota».

«No, mi scusi, non mi sono spiegato. Chi è il forasteri?».

«Un omu» disse Taormina scurendosi nelle pupille.

Fede non insistette, capendo che una domanda in più poteva rivelarsi letale.

Ma il geometra riuscì lo stesso a pigliarsi soddisfazione.

«Ho saputo tutto!» disse trionfante due giorni dopo agli amici del circolo. «Il signor de' Liguori ha accattato la casa che apparteneva al fratello di Taormina, Jano, che è morto in mare. Quella che si trova al corso, vicino a dove sto io, con un magazzino sotto e sopra l'appartamento. Da domani i

muratori e i mastri d'ascia cominciano a travagliarci».
«Ma che viene a fare a Vigàta?».
«Magari questo so» fece il geometra aprendosi di orgoglio come un pavone. «È venuto a fare il farmacista».

E perciò non ci fu curiosità quando, negli attracchi del «Franceschiello» che seguirono, Sasà Mangione portò a terra baulli enormi che a ogni passo potevano fargli nesciri la guàllara tanto erano carrichi; non ci fu curiosità quando all'Officina Postale arrivò una cassa piena di tubi, bottiglioni e bottigliette di vetro di forme mai viste, non ci fu curiosità quando il farmacista de' Liguori pigliò la matina a firriare campagne campagne cercando e cogliendo certe erbe e certi fiori. Erano tutte faccende che facevano parte del suo mestiere.
«Ha fatto ogni cosa con criterio» fece il geometra Fede.
«Al piano terra c'è la farmacia, darrè c'è una camera grande piena di banconi sui quali ci sono gli armiggi di vetro. Ci sono magari due capaci giarre piene d'acqua e un fornetto per siccare le piante. In questo retrobottega c'è una porta che dà in strada, così se il farmacista vuole nesciri e trasiri; quando la farmacia è chiusa non ha bisogno di riaprirne la porta. Dal retrobottega si parte una scala di legno, larga, che porta al piano di sopra. Qui ci sono una camera da stare e mangiare, la camera da letto, la cucina e un camerino per i commodi».
«Com'è il letto?».
«Piccolo».
«Segno che per ora non ha gana di accasarsi» disse il signor Colajanni che aveva due figlie da marito.

«Lei ci sta contando cose che tutti possono vedere coi loro occhi» intervenne brutalmente il barone Uccello «ma non sa spiegarci né chi è Santo Alfonso de' Liguori né perché s'è intestato a scegliere Vigàta per la sua farmacia».
«Questo è il busillisi» disse pensoso il geometra.

«Domani dopopranzo raprono una farmacia in paese» fece Mimì mentre trasportava il padrone con tutta la seggia di paglia dal palazzo al circolo. Di frequente gli contava cose che capitavano, tipo «Pippineddu u muraturi cadì da scala e si fici mali a una gamma» oppure «A signura Balistreri nascì na figlia fìmmina», e gliele contava tanto per sbariarlo, per fargli passare tempo, sicuro di non avere risposta. Mentre gli metteva la coperta sopra, perché si era alla finuta di febbraio e faceva gelo, il vecchio accennò a parlare.
«No» disse con una fatica tale da farlo sudare malgrado il freddo. «No, Mimì. Domani si apre la caccia».
«Ma che va dicendo, voscenza? Si rapre una farmacia e il farmacista è quel signore forasteri che saluta a voscenza ogni vota che passa».
«No, Mimì, domani si apre la caccia. E io non voglio morire sparato».
«Ma voscenza che scanto avi? Che è, una quaglia?».
Mimì era alloccuto, erano anni che il marchese non parlava tanto.
Il vecchio fece gesto di sì con la testa.
«Una quaglia sono, hai detto giusto, Mimì».
Tirò un lungo fiatone, stremato da tutte le parole che stava dicendo.
«E ricordati una cosa, Mimì. Non voglio morire sparato. Io, chiuttosto, m'ammazzo prima».

Mimì non ci dette peso, da tempo il suo padrone non era più con la testa a posto.
«Voscenza voli che piglio un cato d'acqua, la quadìo e ci lavo i mani?».
L'urlo terrorizzato del vecchio, in risposta, fece tremare i vetri della porta del circolo.

Il botto successe mezz'ora dopo che la farmacia era stata inaugurata.
«C'è qualcosa che non quatra» disse il geometra arrivando ansante.
«A me non quatra un cazzo» fece il barone Uccello che stava perdendo partite su partite.
«Il farmacista aveva commissionato l'insegna a Fillicò, il pittore dei carretti. Fillicò l'ha fatta a regola d'arte e l'ha appizzata sopra la porta ora ora. Sapete che c'è scritto?».
«Farmacia» disse il tenente Baldovino.
«Giusto. Ma sotto, invece di esserci stampato il nome del proprietario, Santo Alfonso de' Liguori, c'è scritto un nome diverso: Alfonso La Matina».
«Farmacia Alfonso La Matina» riassunse il tenente.
«Ma se si chiama Alfonso La Matina perché ha detto che il suo nome era Santo Alfonso de' Liguori?» disse il barone Uccello facendo la domanda che era nella testa di tutti.
«Madonna biniditta!» esclamò a un tratto il marchese Peluso che si era perso dietro un suo pensiero.
«Madonna biniditta!» ripeté, non sapendo che stava usando la stessa espressione che suo padre aveva adoperato con il forasteri. Si alzò di scatto, pigliò cappotto e cappello e se ne uscì dal circolo di corsa. Tornò dopo una mezz'ora, e pareva nello stesso tempo contento e poco persuaso.

«Ci ho parlato» disse. «Sapete chi è? È Fofò, il figlio di Santo La Matina. Ve lo ricordate Santo?».
«Certo che me lo ricordo» fece dopo un attimo il barone Uccello. «Era quel curatolo del marchese suo padre che aveva un giardino miracoloso in un posto segreto».
«Proprio lui» disse il marchese.
«Giardino miracoloso?» domandò il tenente Baldovino.
«Miracoloso, miracoloso tenente» spiegò il marchese. «Io l'ho visto. Un fazzoletto di terra pieno di ogni bene di Dio. E il fatto è che quelle verdure, quelle erbe, quella frutta, guarivano ogni cosa».
«Vuole prendermi in giro?».
«No. E se non ci crede, può domandare a chi ancora se lo ricorda, come il qui presente barone Uccello. Poi, una ventina di anni fa, Santo e suo figlio Fofò sparirono. O meglio, sparì solo Fofò, che allora aveva una decina d'anni. Santo venne trovato sotto un palmo di terra. L'avevano scannato, avevano bruciato il giardino e sopra ci avevano gettato sale».
«Si è saputo chi è stato?».
«Mai. Ed è proprio per questo che Fofò La Matina, venendo ad aprire la sua farmacia qua, ha usato un nome diverso. Si scantava che ancora in paese ci fosse qualcuno di quelli che avevano ammazzato suo padre».
«E come fa a sapere che quei tipi non ci sono ancora?».
«Perché, oltre ad accattarsi la casa, con Bastiano Taormina ci ha pure parlato. E Bastiano gli ha spiegato ogni cosa. Ma questa spiegazione il farmacista a me non l'ha riferita. Mi ha solo detto che quella notte che arrivarono quattro infaccialati, cercarono magari lui per ammazzarlo. Ma Fofò si

era ammucciato dietro una grossa troffa, con il sacchetto di soldi che suo padre era riuscito a dargli un momento prima che gli assassini trasissero in casa. Quando gli infaccialati se ne andarono, Fofò se ne scappò, impiegò otto giorni per arrivare a Palermo, si fece riconoscere da un cugino di suo padre che era parrino e il resto lo potete immaginare. Ora vi dico una cosa: se Fofò possiede un quarto dell'abilità di suo padre, con quella farmacia diventerà ricco».

L'ultima notizia che riguardò il farmacista fu un fatto strettamente privato che invece, come sempre succedeva a Vigàta, divenne subito pubblico. Dunque: alla signora Clelia non era riuscito di agliuttìrisi una cosa che era successa mentre da Palermo se ne tornava al paese con il «Franceschiello». A un certo punto della navigazione, mentre stavano mangiando, capitan Cumella se ne era uscito a dire che trent'anni prima, in quel preciso posto dove si trovavano, un tre alberi astreco se ne era calumato a mare senza preciso motivo con tutti i passeggeri e l'equipaggio. A quella novella, la signora Clelia decise di farsi pigliare dal sintòmo. Attisò, girando la testa a dritta e a mancina, facendo lamenti e svotando gli occhi. Era un esercizio che le veniva sempre bene, ci si era esercitata da quando aveva otto anni, se una cosa le andava storta. I tre uomini che erano con lei, capitan Cumella, il signor Colajanni e il tenente Baldovino non persero un minuto a darle adenzia: capitan Cumella aprendole la bocca e facendole bere un poco d'acqua, il signor Colajanni sventolando un tovagliolo, il tenente Baldovino slacciandole con mani abili il busto. L'unico a non cataminarsi fu la persona alla quale tutto quel teatro era dedicato, il forasteri, adesso identi-

ficato come il farmacista Fofò La Matina, che se ne rimase sparte ad allisciarsi il baffo. E proprio di questa indifferenza, la signora Clelia voleva pigliarsi minnitta. Un giorno che seppe, dalla criata Cicca, che il dottore Smecca era malato, decise che aveva bisogno immediato di una visita.
«Ma dove vai, se Smecca non può? Vuoi che ti accompagno a Girgenti?» domandò il marito che non sapeva di avere corna tanto alte che sopra ci si potevano mettere fari di segnalazione marittima.
«Non c'è bisogno. Vado dal nuovo farmacista. Ho l'impressione che sia bravo assai».
Si lavò tutta usando una giarra intera d'acqua, si profumò di Cotì, si bardò con mutande e reggipetto di pizzo nero di Fiandra – strumento già sperimentato, capace di cangiare un curvo filo d'erba in durissimo legno di piscipàino – si incipriò, si alliffò e si presentò in farmacia.
«Desidera?» domandò il farmacista.
«Lei» avrebbe voluto sinceramente rispondere la signora Clelia che invece disse: «Vorrei che lei mi visitasse».
«Non sono un medico, signora».
«Lo so. Ma mi dicono che è bravo. E io ne ho un bisogno che lei manco se l'immagina, di essere visitata».
«Senza responsabilità» fece il farmacista. Poi si voltò verso un picciottello che aveva pigliato come garzone:
«Se viene qualcuno, digli che fra cinque minuti torno».
«Pensa che cinque minuti basteranno?» spiò la signora Clelia con le palpebre che le facevano sopra e sotto.
Il farmacista la invitò a salire dalla scala di legno fi-

no alla camera di stare e mangiare, la fece assittare, si informò di cosa soffriva. Mentre parlava, e senza che Fofò l'avesse detto, la signora Clelia stava già in nero pizzo di Fiandra, taliando di tanto in tanto verso la camera da letto. Il farmacista l'ascutò serio serio.

«Si rivesta, signora» disse «e scenda giù. Intanto io le preparo qualcosa».

La facenna venne confidata paro paro da una arraggiata signora Clelia all'amica del cuore, la signora Colajanni, fìmmina di chiesa, che passava la sua esistenzia a parlare e a sparlare. La sera stessa, l'Officiale Postale Colajanni riferì al circolo. I pareri e i commenti furono assai diversi fra loro.

«Il farmacista non ha minchia» il più categorico.

«Al farmacista non piace la signora Clelia» il più possibilista.

«Il farmacista è un vero galantomo che non si mette con le femmine degli altri» il più amichevole.

«Il farmacista è uno stronzo» il più drastico.

Nell'ultima matina del mese di frivaro, Mimì raprì la porta della camera del suo padrone per vestirlo, carricarselo sulla seggia e portarlo davanti al circolo. Il letto era sfatto ma il marchese non c'era. Il vecchio, in caso di necessità, due o tre passi da solo era capace di farli: però magari nel camerino del commodo di lui non c'era prisenzia. Pensò che il padrone nella nottata avesse avuto bisogno di qualche cosa e avesse domandato l'aiuto dei familiari e allora si mise ad aprire senza fare rumore le porte delle camere di don Filippo e di sua moglie, della marchesina 'Ntontò e del marchesino Rico. Tutti dormivano alla grossa. Impressionato, si fece una curruta fino alla cucina dove già la serva Peppinella trava-

gliava: ma pure la femmina non sapeva niente. Scantata, Peppinella si mise magari lei a cercare il vecchio marchese. Dal tettomorto alla cantina ai magazzini alla stalla cercarono e ricercarono ma di don Federico manco l'ùmmira.
«Ora vado a dirlo a don Filippo» disse Mimì.
«Talìa ccà» lo fermò la voce di Peppinella.
Dalla porta della camera del vecchio si partiva una quasi invisibile traccia che di tempo in tempo s'interrompeva, una traccia fatta di granelli di sabbia, polvere di zolfo e cacate di piccioni rinsecchite. Seguendola, Mimì arrivò alla fine dello scalone e vide che la porta d'entrata era aperta. Uscito nel cortile, la prima cosa che notò fu che magari il grande portone d'accesso al palazzo era mezzo aperto. Non c'era più dubbio, il marchese se ne era uscito con le sue gambe. Correndo alla disperata, in meno di un quarto d'ora si firriò tutto il paese fino al porto, spiando a chi incontrava se per caso avesse visto un vecchio così e così. Ma non ci fu nessuno d'aiuto. Allora si gettò a correre sulla pilaja, seguendo la riva, con l'acqua che gli assammarava scarpe e pantaloni. Poi, a distanza, vide una cosa nìvura che il mare votava e rivotava. Si avvicinò con le gambe che gli erano diventate di ricotta: era il suo padrone. Entrò nell'acqua, tirò a riva il marchese e ritornò in paese a cercare il dottore Smecca. Il medico non ce la fece a susìrisi dal letto, aveva la febbre troppo alta.
«Chiama il farmacista» gli suggerì.
Fofò La Matina non perse un attimo di tempo. Un minuto dopo correva appresso a Mimì che pareva un lebbro. Quando arrivarono sul posto ci trovarono il delegato Portera che era stato avvisato da un pescatore di passaggio.

«È inutile» disse il delegato. «È morto da qualche ora. S'è ammazzato».
«Ma se non camminava più da anni!» disse il farmacista.
«E questa volta invece ha camminato. A un certo momento è caduto, ha lasciato il bastone e ha continuato ad avanzare sulle mani e sulle ginocchia, poi manco così ce l'ha fatta e s'è messo a strisciare».
«Ma a lei queste cose chi gliele contò?» fece Mimì.
«Me le contò la rena, Mimì» rispose Portera. «Talìa pure tu. Sulla rena c'è scritto tutto. Il marchese ha avuto ferma volontà d'ammazzarsi. Ma non penso che sia morto annegato».
Mimì si allontanò, seguendo a ritroso sulla rena l'ultima faticata del padrone. Il delegato aveva detto giusto.
«E come sarebbe morto, allora?» spiò il farmacista.
«Di cuore. Era troppo vecchio, troppo stanco e l'acqua troppo fredda».

Il marchese arrivò mezzo spogliato, era stato avvisato da un uomo del delegato.
«Povero papà, che fine orribile per lui» fece quando vide il corpo del vecchio perfettamente puliziato dal mare. «Praticamente è morto lavandosi».

Due

Federico Maria Santo era il ventiduenne erede della casata dei marchesi Peluso di Torre Venerina. Praticamente, Federico Maria, più che nascere dalla legittima unione fra don Filippo e donna Matilde Barletta-Capodirù, era stato un prodotto, un frutto del giardino infatato del leggendario Santo La Matina, del tutto simile alle pere che facevano pisciare dilluvii, alle persiche che provocavano cacate giganti, alla finocchiella che ammazzava l'asma, alle mandorle amare che assistimavano una volta e per sempre la terzana.

Concepita la figlia maggiore Antonietta, detta 'Ntontò, con la svogliata prestazione del marchese marito, e messala al mondo felicemente fra il tripudio di parenti, amici e famigli (solo per facciata e per onore di firma condiviso dal padre che avrebbe invece voluto un figlio mascolo), donna Matilde si fece persuasa di avere concluso la sua carriera di femmina e madre. Assai quindi si maravigliò, la prima notte che era tornata all'uso di letto, che appena astutato il lume, subito il marito la cercasse e da allora sempre s'attestasse ad ottenere lo scopo, magari se lei accusava un dolore pendolare che camminava, quando gli pigliava il firticchio, ora verso la pancia ora verso la testa.

Una notte la marchesa, massacrata da tre perforazioni eterne avvenute a distanza di un'ora l'una dall'altra, si era appena appinnicata voltata di fianco, che sentì, al tocco della campana che chiamava la prima messa, le mani del marito che l'agguantavano di bel nuovo nuovamente. E in un vìdiri e svìdiri si trovò collocata a pancia sotto e con le gambe aperte. Era, per la marchesa, la posizione fra tutte la più comoda, quella che le permetteva di farsi una decina di minuti di dormitina mentre alle sue spalle il consorte travagliava e sudava. Ma questa volta la marchesa rimase vigliante e anzi parlò. Il suono della sua voce ebbe l'effetto di paralizzare per la sorpresa il marito, dato che, seguendo l'insegnamento del defunto padre Carnazza che li aveva uniti in matrimonio, i rapporti fra gli sposi dovevano avvenire nel silenzio più rigoroso: solo ammessa, da parte femminile, la recitazione di qualche giaculatoria intonata alla situazione, ma a bassa voce, quasi un sospiro.

«Perché?» domandò semplicemente donna Matilde, sollevando un poco la faccia dal cuscino.

«Perché che?» rimandò il marchese ansimando ma continuando saldamente a impalarla.

«Perché fai quello che stai facendo?».

Un toro, a una domanda simile, si sarebbe confuso e avrebbe lasciato perdere. Ma il marchese era fatto di petra ferrigna.

«Perché tu mi devi dare il mascolo» spiegò, e ripigliò a incarcarla.

Il tentativo di rendere prena la marchesa andò avanti quasi due anni e donna Matilde principiò seriamente a pensare di inchiudersi nel convento di Santa Maria di Cupertino, sperso sulle montagne delle Madonie e di cui si contava che mai piede d'uomo ne avesse oltrepassato la soglia.

«Certo, perché gli uomini trasìvano e tràsono dalle finestre» sosteneva il barone Uccello, miscredente e, nell'occasione, gran consigliere del marchese sul

modo più acconcio per la creazione dell'erede Peluso.
«Provò con la posizione che i tedeschi chiamano dell'orso ballerino?».
«Sì. Niente».
«E con quella che gli arabi chiamano alla serpentina?».
«Magari con quella. E sempre nibba. Vede, carissimo, mi sono convinto che la buona riuscita non ci accucchia né con le posizioni né con le giornate, né col sole né con la luna. La scascione deve essere un'altra. E non può darsi manco un caso, come dice il dottore Smecca, di impotenzia generandi. Io una figlia l'ho avuta».
A queste precise parole il barone Uccello venne folgorato da un sospetto che esplose dentro di lui come uno sparo nel silenzio notturno. Si affrettò a seppellirne l'eco nel più profondo della coscienza, ma una fulminea luce negli occhi bastò a tradirlo. Il marchese gli aveva già letto nelle pupille, come stampato nero sul bianco, pensiero e implicazioni.
«Se le torna quel lampo negli occhi che io so cosa sta a significare» disse in un soffio il marchese «io la sparo qui e ora. La mia signora è una santa donna. E io non ho manco fratelli».
Con l'affermazione che era figlio unico, don Filippo intendeva riferirsi alla cognita storia del barone Ardigò il quale, non riuscendo ad avere un figlio, e accertato che sterile non era la baronessa ma lui stesso, aveva fatto ricorso alla «seconda canna» – come era detta dai cacciatori – e cioè al fratello minore che assai volentieri si era prestato, e aveva a prima botta imprenato la graziosa cognata da lungo tempo, del resto, concupita.
«C'è piuttosto un pensiero che non mi dà requie, ca-

rissimo» riprese il marchese superato l'incidente «ed è questo: e se dopo tutta questa faticata mia moglie si trova ad allattare un'altra femmina?».

«Perché, lei non segue il metodo Sciabarrà?» stupì il barone.

«No. Cos'è?».

«Il metodo di Sciabarrà...».

«È medico?».

«Medico? Sciabarrà? No, è ragioniere comunale. Ma ha otto figli con tanto di codiglione in mezzo alle gambe, le basta? Del resto io i miei due mascoli li ho avuti con questo metodo. Dunque, per avere sicuramente un figlio bisogna stare un giorno a digiuno assoluto, farsi a sera una ventina di chilometri a pedagna e subito dopo avere il rapporto».

Il marchese non parve entusiasta della cosa.

«Ma è certo?».

«Garantito. Guardi Totò Cumbo: dopo tre femmine, praticando il metodo Sciabarrà ha avuto il mascolo».

La stretta applicazione del metodo fece sì che dopo un mese il marchese assintomasse sulla pubblica piazza: stramazzò di botto mentre si avviava di corsa al suo palazzo, reduce dai quotidiani venti chilometri, i pantaloni e le scarpe infangate perché quel giorno si erano aperte le cataratte. Il dottor Smecca, non riuscendo a spiegarsi quel rapido deterioramento, prescrisse cure ricostituenti e un mese di allettamento. Ne approfittò di corsa donna Matilde che, con la scusa di non portare disturbo al caro malato, cangiò camera e letto e poté finalmente chiudere occhio e magari qualche altra parte del corpo.

«Sto perdendo tempo» disse don Filippo all'amico Uccello venuto a fargli visita «mi sento un caccia-

tore impastoiato che vede il lebbro scapparsene via».
Il barone gli sorrise e lo taliò misterioso.
«Non disperi. Mi è venuto di fare una bella pensata. Si fidi di me».
Tre giorni dopo il barone Uccello tornò a trovarlo con un pacco sotto il braccio, gli occhi lucenti di contentezza, e aspettò che nessuno venisse a disturbarlo in camera del marchese prima di decidersi, delicatamente, ad aprirlo. Dal pacco venne fuori un cetriolone di due palmi, rigido, risultato evidente di un ibrido, perché ad una delle due estremità si erano innestate due persiche grandi come palle di testata di letto. Il marchese taliò strammato quella enorme minchia vegetale.
«Sono stato da Santo La Matina. Gli ho detto il suo caso. Non ne voleva sapere, diceva che non si va contronatura. Mi ci sono gettato ai piedi e alla fine s'è commosso. Questa è la soluzione».
Il marchese si sentiva sempre più confuso.
«Devo adoperare quella? Sarà difficile persuadere mia moglie».
«Ma che va pensando? Questa se la deve pappare lei, senza levargli la scorcia, tagliandola a fette e mettendole a mollo dentro un cicarone pieno di vino rosso. Lei il citriolo e le persiche le deve mangiare alle sette albe del primo giorno del secondo quarto di luna, che è fra una settimana. Mi sono spiegato?».
«Basterà?».
«Mi lasci finire».
Infilò la mano dentro il pacco, ne tirò fuori un involto minuscolo, l'aprì con grande cautela. Dentro c'erano due semi che parevano di cocomero d'acqua, nerastri e rinseccuti.

«Questi due semi, invece, lei li deve agliuttìri con una picca d'acqua un'ora prima del rapporto».
«E lei crede che funziona?».
«Garantito».
«Lei però mi aveva magari garantito il metodo Sciabarrà».
«Quello lo lasci fottere, ormai».
Funzionò. A nove mesi esatti, Federico Maria Santo Peluso di Torre Venerina venne alla luce fra la lacrimosa gioia del marchese e l'autentica felicità di donna Matilde che vedeva scomparire l'incubo della persecuzione notturna. Il terzo nome, Santo, che venne assegnato al nicareddo, era l'evidente ringraziamento del marchese per la magarìa ortofrutticola di La Matina, così come evidente era che il piccolo, con la testa a melone, il naso a patata, gli occhi a semi di cocomero, al mondo vegetale continuava ad attenersi.
Crescendo, Federico Maria Santo venne per comodo dai familiari chiamato Rico, ma i carusi coi quali giocava ben presto lo nominarono Ricò. Quell'accento non era un vezzeggiativo ma esprimeva preciso giudizio caratteriale: essendo la ricò nient'altro che la ricotta («A ricò! Cu a voli a ricò», abbanniava di prima mattina il venditore con la gerla piena di cavagne), quell'accento stava a significare che tanto quello che aveva dentro il cranio quanto il portamento di Federico Maria parevano fatti di tremolante ricotta fresca. Rico era dunque un picciotto dolce di testa, i pensieri del suo cervello non venivano fuori conditi di quel sale che pare sia prerogativa umana e forse proprio perciò egli godeva di un temperamento mai infoscato. Incapace di formulare una frase con più di due parole e un verbo, scoppiava con frequenza in risate che niente

avevano d'umano somigliando una stampa e una figura al belato di una capra.

Nella seratina del trenta giugno del 1880, mentre stavano mangiando, Rico annunziò alla famiglia che il giorno dopo, suo ventiduesimo compleanno, non voleva festeggiamenti. Si sarebbe susuto la mattina prestissimo e, a cavallo, avrebbe raggiunto la casina del curatolo Bonocore, ai margini del bosco della Citronella, bosco che diceva essere una specie di miniera senza fondo di funghi. Di funghi crudi, infatti, Rico era golosissimo. Si era fatto fabbricare apposite giberne a più tasche nelle quali teneva coltelli speciali, rastrello, falcetto, uncino, una scatolina di sale e una bottiglia d'aceto: i funghi li mangiava sul posto, a casa non ne portava mai, sosteneva che perdevano di gusto.
«Tu sei amminchiato coi funghi della Citronella» fece don Filippo «e invece nel bosco della Zagara ce ne sono di più assai».
«Sì. Però sapore meno».
All'indomani all'alba se ne partì, scopetta in spalla. La doppietta era solo per figura, mai Rico avrebbe avuto la capacità d'usarla contro un essere vivente: la vista di un passero che teneva un coccio di frumento nel becco, di un coniglio che s'infrattava, di una formica che strascinava un filo di paglia, lo riempiva di straziata felicità, una specie di musica principiava a suonargli dentro sempre più forte finché lo faceva esplodere in un gigantesco belato.
Quando, dopo tre ore di cavallo, arrivò sullo spiazzale della casina di Bonocore, vide corrergli incontro Carmelina, ansante. Era questo il suo segreto, non era affatto vero che i funghi del bosco della Citronella fossero più saporiti degli altri. Ma nella ca-

sa del curatolo ci abitava Carmelina, l'unica creatura, ne era sicuro, in grado di capirlo fino nel fondo più fondo. Il loro amore era principiato un anno prima e durava ancora con accresciuta intensità. E da un anno Rico stava a domandarsi che cosa avesse attratto Carmelina verso di lui, quale l'origine del miracolo che andava vivendo. Stava, ricordava confusamente mentre abbracciato a Carmelina la baciava, parlando col curatolo e questo aveva detto una cosa che l'aveva fatto ridere: alla sua risata, Carmelina, che era all'orlo dello spiazzo, si era voltata di scatto e aveva lentamente cominciato a camminare verso di lui senza levargli gli occhi da sopra. Sì, tutto aveva pigliato principio così: con la sua risata. Baciò ancora una volta Carmelina poi, sentendo che non poteva più reggere, chiamò il curatolo per vedere se era nei paraggi. Non ebbe risposta, il campo era libero. Allora quasi a forza la trascinò dentro il pagliaro, si tolse i vestiti e, nudo, si stese per terra. Paziente e devota, Carmelina cominciò a leccarlo. Dopo un poco, capendo che lui stava per scoppiare come un cocomerello selvaggio e spandere torno torno il suo seme, Carmelina si voltò e aspettò il peso del suo maschio sul corpo.

Appena trasìto nel bosco, e ancora sudato d'amore, Rico attaccò a recitare la litania: Clavaria pistillaria, Elvella mitrata, Merchella esculenta, Amanite cesarea... Erano i nomi scientifici dei funghi imparati a memoria taliando e ritaliando le tavole del *De generatione fungorum* del Marsigli, un libro del 1714 che aveva accattato da un amico pagandoglielo a peso d'oro. Quella litania era una finezza, una pregustazione evocatrice del reale sapore del fungo che avrebbe poi mangiato. Giunto all'addentro e data una taliata d'attorno, si fermò di colpo. In mezzo a una macchia di fittissimo rovo, gli parve d'intravedere la testina pallida e calva di un piccilíddo di pochi mesi, con gli occhi strappati via. Il resto del corpicino non si scorgeva. Rico abbrividì per lo scanto ed ebbe subito tentazione di scappare. Ma si fece forza, e pigliò ad avvicinarsi piegato in due, un piede leva e l'altro metti, ingobbito come a pararsi da una botta. Quando arrivò a un passo e poté osservare meglio, sospirò di sollievo e diede fuori un belato altissimo: si trattava di un fungo enorme, certo il più grande che avesse mai visto. Pigliato dalla smania, calò la mano armata di falcetto, senza curarsi delle centinaia di spine che gli sfregiavano palmo e dorso.

Carmelina era squieta dato che Rico tardava. Si stava facendo sera e lei sapeva che a lui non piaceva camminare di notte. Magari il cavallo, attaccato a un tronco, si era fatto pigliare dal nervoso. Poi, non resistendo più all'ansia, Carmelina si mise a correre verso il bosco. Le bastò addentrarsi di poco: Rico stava appoggiato a un albero, gli occhi chiusi, bava gli colava dalla bocca e non rispondeva alla voce di lei che lo chiamava, disperata. E furono proprio quelle vociate a far correre il curatolo.
«Sangue di dio!» santiò Bonocore e, forse per scaricarsi dallo spavento che gli metteva la vista di Rico che pareva già morto, mollò un potente calcio a Carmelina che si lamentava. Ma la capra non si spostò di un millimetro.

Donna Matilde faceva da due ore come una maria, salticchiando ranto ranto il letto sul quale Rico agonizzava.

«Me l'hanno ammazzato! Me l'hanno sparato!». Ammàtola 'Ntontò cercava di fermarla, ammàtola le diceva che omicidio non era stato, che si era trattato di una disgrazia. Non c'era verso, al massimo donna Matilde concedeva una variante, con una voce così acuta che i cavalli dalla stalla le rispondevano.
«A scopettate me lo pigliarono!».
A un certo momento il marchese che stava a taliare torvo, fermo come una statua, l'affannarsi del dottor Smecca e del farmacista La Matina, chiamato a consulto, attorno al moribondo, scattò in piedi dal divanetto su cui sedeva con allato l'amico Uccello e, con tono calmissimo che contrastava la violenza con la quale si era susuto, chiamò la moglie.
«Vieni qua, mula fottuta».
La donna si accostò, tutta un tremore.
«O te ne stai muta o ti piglio a pedate».
Di subito donna Matilde si appoggiò a un angolo mugolando a voce bassa.
«Lei deve compatirla, povera femmina» fece il barone Uccello e aggiunse, poco opportunamente: «Pensi a tutto quello che ha dovuto sopportare per concepirlo».
Il marchese lo taliò pensieroso.
«Barone, mi fa un gradito regalo?».
«A disposizione» rispose l'altro balzando in piedi.
«Vuole levarsi d'in mezzo ai cabasisi?».
Il barone Uccello era buono e caro ma era magari capace di attaccare turilla in qualsiasi situazione: come ora, davanti a un mezzo morto.
«A me di levarsi dai coglioni non me l'ha mai detto nessuno, sa?».
«E ora invece ne ha fatto spirenzia».
Vennero interrotti da Fofò La Matina.
«Vogliono starmi a sentire, per favore?». Taliò il

dottor Smecca che era all'altro lato del letto e continuò: «Il dottore ha ragione. È un chiaro avvelenamento da funghi. Don Rico deve avere scambiato l'agarico piperino, che è letale e che da quelle parti abbonda, con l'agarico mousseron che invece è mangiabile. Un tragico errore».
L'urlo di donna Matilde fece sobbalzare tutti, compreso Rico che per un attimo aprì gli occhi e poi li chiuse.
«No! Per i funghi mio figlio era un dio! Non poteva sbagliare! Me l'hanno sparato! A pistolettate lo pigliarono!».

Federico Maria Santo Peluso di Torre Venerina, l'erede, non ce la fece ad arrivare alla mezzanotte. Spirò alle undici e cinquantanove, praticamente soffocato dal viatico che il collerico padre Macaluso gli aveva a forza infilato dentro la bocca, dato che Rico non poteva agliuttìri, e che si era impicciato tra gola e palato. Ma tanto, in una maniera o nell'altra, di morte doveva morire.
Il giorno appresso al funerale, il marchese scomparve, dopo avere avvertito il barone Uccello.
«Carissimo, ho bisogno di sbariarmi, di alleggerirmi la testa. Me ne vado per le mie terre. Non mi piace assittarmi a tavola con quelli della mia famiglia».
«Fecero qualche cosa che la disturbò?».
«Niente fecero. Ma vede, carissimo, quando mio padre si buttò a mare se la fotte lui perché...».
«Come se la fotte lui perché? Aveva novant'anni, da dieci stava inchiovato a una sedia, gli dovevano, rispetto parlando, puliziare il culo...».
«E con questo? Ma mio padre la vita se la sarebbe sucata lo stesso, fino all'ultima goccia, magari con le braccia e le gambe tagliate e chiantato dentro una

grasta di petrosino. Lasciamo perdere. No, io a casa non ci torno e le spiego perché. Quando mio padre si è ammazzato, io mi sono messo la cravatta nera e una fascia nera larga un palmo al braccio. Con la morte di Rico ci siamo vestiti tutto nìvuro, lutto strettissimo. Pure i servi l'hanno pigliato, il lutto. Aieri sera, a tavola, parevamo dei corvi serviti da corvi. Cangio aria per qualche tempo, carissimo».
La prima fermata, corta, il marchese la fece nella casina di Bonocore.
«Tu mi devi contare per filo e per segno come fu».
«Voscenza deve sapere che proprio quel giorno mallitto ero dovuto andare ad accattare simenze a Sant'Agata. Tornai alla scurata, manco sapevo che suo figlio era venuto qua, lo capii quando vidi il suo cavallo attaccato a un albero. Stavo sbardellando la mula e in questo mentre sentii Carmelina...».
«Chi è Carmelina?».
«Quella capra che ci sta taliando. Faceva voci disperate, pensai che si fosse persa dentro il bosco o che qualche vestia l'avesse mozzicata. Corretti a cercarla e la trovai che stava allato a suo figlio. Si vede che don Rico era riuscito a strascinarsi dall'addentro verso la mia casina ma non ce l'aveva fatta ad arrivarci. Stava appoiato a un albero, aveva vommitato e, rispetto parlando, si era cacato d'incollo. Allora lo pigliai, lo misi attaccato sopra il suo cavallo e lo portai in paese. Perdetti una picca di tempo perché siccome la capra mi veniva appresso facendo come una pazza, dovetti tornare arreri e inserrarla dentro il pagliaro».
Fece una pausa.
«Perché voscenza deve sapere che Carmelina...».
Si fermò.

«... che Carmelina e don Rico si volevano bene».
«Ah, sì?».
Bonocore gli sparò un'occhiata più chiara delle parole. «Sì».
Calò il silenzio. Poi il marchese tagliò una fetta di pane che teneva nella visazza e si avvicinò a Carmelina. Questa stava immobile e aspettò che il marchese fosse arrivato a tre passi per accennare a uno scarto.
«Buona» fece don Filippo accovacciandosi e gettando il pane alla capra. «Ti voglio solo dire grazie per quella picca di felicità che hai dato a Rico».
Si alzò, tornò da Bonocore, levò dalla tasca il portafoglio, ne cavò un poco di banconote, le proì al curatolo. Questi si sentì pigliare dal sintòmo, mai aveva visto tanto danaro.
«Fagli una bella casuzza, a Carmelina, con il tetto. E accattale le meglio cose da mangiare».
«Alla capra?!».
«No, alla capra, come dici tu, no. Ma a Carmelina, la zita di mio figlio, sì».
A Bonocore gli venne da ridere, ma si tenne quando vide gli occhi del padrone.
«E se quando torno non trovo che hai fatto quello che ho detto, ti catafrìccico di legnate e ti lascio morto in un vallone».
Bonocore capì che non era il momento di babbiare.
«Sulla mia vita» giurò portandosi la destra all'altezza del cuore. «Sarà trattata come una regina».

La seconda fermata, e questa assai più lunga, il marchese la fece nella casina di Natale Pirrotta, il suo campiere delle Zubbie, ventimila ettari coltivati a vigna. La casa stava su una collinetta fitta di ulivi saraceni e da certe sue finestre si vedeva la lontana linea del mare. L'abitazione inoltre faceva mostra di una recente camera soprelevata, intonacata di bianco e fornita magari di uno stanzino per i bisogni. Era la camera che Pirrotta aveva fabbricato due anni avanti per don Filippo, dopo che si erano accordati. Il campiere era un omone ed era stato maritato a lungo con una femmina lavorativa, massara, di generoso cuore ma che aveva un difetto solo e grandissimo: non poteva figliare. Ed era stato questo suo problema che l'aveva fatto diventare simpatico al marchese il quale, da parte sua, in quel tempo, cercava il figlio mascolo. Quando la moglie del campiere morì cadendo dal tetto dove era acchianata per aggiustare una guttèra, Natale, passato il doveroso tempo di lutto, si decise a pigliare un'altra femmina. Il dottore Smecca, che per Pirrotta era una specie di padre spirituale, gli consigliò di maritarsi con Trisìna, la diciottenne e bella figlia di una sua vecchia cameriera. All'osservazione che Pirrotta gli fece, e cioè che tra moglie e marito si sarebbero levati ben trent'anni di differenza, il dottore replicò che era proprio quello che ci voleva perché Natale avesse finalmente un figlio: carne soda e giovane, terreno fertile per un seme stanco.

«E se non mi piglia? Che so, se mi trova troppo vecchio?».

«Ti piglia, ti piglia, non dubitare. Domani stesso parlo con sua madre».

La prima notte che passò assieme alla sposina nella casa delle Zubbie, Pirrotta toccò, diciamo così, con mano, come con Trisìna il dottore Smecca ci avesse inzuppato il pane. Ma fece finta di niente, stabilendo che avrebbe considerato la femmina come un oggetto necessario per avere un figlio, allo stesso modo di un cato che serve per tirare l'acqua dal pozzo o di uno zappone che serve a dissodare la terra. Ma passati tre anni figli non ne vennero. Una sera Natale acchianò nella camera dove dormiva con Trisìna nel letto matrimoniale e spartì trispa, tavole e materazzi.

«Non mi servi più» disse a Trisìna facendole vedere i due lettini. «Puoi tornare a farti ficcare dal dottore».

Di questa storia, un giorno che seguivano la maniata di una lepre, Pirrotta ne parlò al padrone.

«Ma piddavero non t'importa se Smecca gliela ficca?».

«O lui o un altro per mia è lo stesso».

«E se fossi io?».

«Onorato» fece il campiere.

Si misero d'accordo e Pirrotta fabbricò la camera perché il padrone, quando veniva a trovare Trisìna, potesse stare a commodo suo.

Il marchese, stanco della cavalcata dalla Citronella alle Zubbie, aveva appena finito di lavarsi e non si era manco cangiato di vestito, che si sentì chiamare dal campiere. Si affacciò. Nello spiazzo dove c'era il pozzo, Pirrotta stava allato alla mula sellata.

«Io vado alla fiera del bestiame a Mascalucia. Resto fuori tre giorni e tre notti. Se abbisogna di qualsiasi cosa, domandi a Trisìna. Voscenza benedica».

Montò sulla mula e partì. Pirrotta ci teneva a salvare la faccia magari quando erano soli. Dopo qualche tempo il marchese vide Trisìna andare al pozzo, togliersi il corpetto e cominciare a lavarsi. Allora si stese sul letto, chiuse gli occhi per un poco e poi li riaprì sentendo rumore. Trisìna, completamente nuda, le minne caparbie puntate verso di lui, stava sulla porta e gli arrideva.

Quando don Filippo Peluso arrivò al portone di casa sua dopo otto giorni di mancanza (aveva mandato Pirrotta a fare qualche altro giro), la prima cosa che sentì fu la voce di donna Matilde, altissima, che sfondava le persiane serrate per il lutto.
«Me lo spararono!».
Nel cortile, il servo Mimì l'avvertì che la notte nessuno di casa riusciva a pigliare sonno per le voci della signora marchesa. Senza dire ai né bai, il marchese rimontò a cavallo, assegnandosi almeno altri sette giorni di licenza premio con Trisìna, il che avrebbe continuato il processo di trasformazione del campiere Natale Pirrotta in una specie di tarantolato viaggiatore. Colpa sua, del resto, che voleva mantenere il decoro magari davanti a un grillo, come quella volta che, tornato in anticipo, trovò sua moglie e il padrone assieme sul letto, nudi come vermi. Come se fosse la cosa più naturale del mondo, Natale riferì quello che aveva da riferire e poi spiò: «Voscenza lo sa dove si trova mia moglie Trisìna?».
«Credo che sia andata all'orto» rispose il marchese, stando alla regola.
«La vado a cercare» fece Pirrotta, e uscì.
«Dato che per quello stronzo sono nell'orto, fammi cogliere questo bel cetriolone» disse Trisìna ridendo e afferrandoglielo con presa ferma sotto il lenzuolo.
La timbulata violenta e improvvisa del marchese la fece volare fuori dal letto.
«Tu a tuo marito non lo devi furiare, ci devi portare rispetto perché se lo merita».

Prima di rifugiarsi nella casina di Pirrotta e nella natura sorgiva di Trisìna, il marchese andò a trovare, nel capoluogo, «Salamone e Vinci», premiati orafi. Senza rispondere alle lamentose condoglianze dei due soci, si piazzò davanti allo scagno di Salamone (con Vinci non voleva averci a che fare non perché fosse meno bravo dell'altro ma perché gli stava senza ragione sullo stomaco), cavò dalla sacchetta cinque proiettili esplosi e glieli posò sul tavolo.
«Non si ammaraggi» disse vedendo la faccia che faceva l'orefice «li ho sparati io, venendo qua, contro un albero e poi li ho tirati fuori con un coltello».
«E io che devo fare?».
«Ora vengo e mi spiego».

Vedendolo trasìri nella sua camera, pigliare con padronanza una poltrona e assittarsi davanti a lei che stava infossata dentro un'altra poltrona, donna Matilde rimase imparpagliata. Poi decise di parlare con lo sconosciuto.
«Lo sa che mi hanno ammazzato il figlio?».
Don Filippo non si sorprese, 'Ntontò glielo aveva detto che da un mese la meschina non riconosceva più nessuno e che quindi dava del lei a tutti.
«E tu come ti regoli?».
«Le do pure io del lei» rispose 'Ntontò accennando a un pallido sorriso «e seguo in tutto e per tutto l'etichetta».
«E lo sa qual è il bello?» disse ancora la marchesa allo sconosciuto. «Il bello è che nessuno ci crede. Dicono che si è avvelenato coi funghi. Lui, che di ogni fungo che esisteva nell'universo creato conosceva morte, vita e miracoli. È di queste parti?».
«Chi?» domandò il marchese pigliato alla sprovvista.

«Lei. È di queste parti?».
«No, sono di passaggio».
E di passaggio si sentiva davvero, perché dal momento che era tornato a casa aveva maturato la decisione di pigliarsi altri tre mesi alle Zubbie.
«E sono un amico del marchese suo marito» proseguì.
«Quel grandissimo cornuto» disse a mezza voce donna Matilde.
Il marchese sussultò e si stracangiò.
«Lo dice per dire o è cosa vera?».
«Perché fa quella faccia? Manco fosse suo fratello».
«Marchesa, non cangi discorso. Lei deve assolutamente rispondere alla mia domanda».
«L'ho detto tanto per dire. È contento?» e sorrise di un sorriso lontano, come se dalla sua devastata memoria fosse emersa a un tratto un'isola minuscola e felice. Turbato, ma scantato di andare oltre, il marchese decise che era meglio venire al dunque.
«Il marchese suo marito ha fatto fare l'autopsia a Rico».
«Che vuol dire la parola che ha detto?».
«Vuol dire che l'hanno cercato dentro. E ci hanno trovati questi».
Tirò fuori dalla sacchetta un grosso astuccio e l'aprì: sbrilluccicò un colliè d'oro, pietre preziose e piombo.
«Vede questi? Sono i cinque proiettili che hanno trovato nel corpo di Rico. Suo marito li ha fatti incastonare. Lei ha sempre avuto ragione, marchesa: lo spararono».
«Bello» fece donna Matilde pigliando quel colliè, attratta come una gazza dal brillìo e scordandosi della sua vincita che significava il riconoscimento che suo figlio era morto proprio nel modo da lei sempre sostenuto.

«Ossequi, marchesa».
Fatto un corretto inchino, don Filippo stava per andarsene quando lo fermò la voce della moglie.
«Quel signore è con lei?».
«Quale signore?» fece il marchese taliando intorno e non vedendo nessuno.
«Ma quello lì» ribatté donna Matilde infastidita, indicando il gatto Mustafà che dormiva ai piedi del letto.
«No, il signore è venuto per i fatti suoi».
Nel corridoio, mentre si avviava verso la sua camera, don Filippo s'immobilizzò pigliato da un pensiero improvviso.
«Se mia moglie non distingue più un gatto da un uomo, perché dovrebbe distinguere una capra da una donna? Un giorno di questi le porto in casa Carmelina, gliela presento, le dico che era la zita segreta di Rico e lei le vorrà bene e la tratterà come una figlia».

«E sono tre partite di fila che perde, marchese. Mi pare un poco stordito. A che pensa?».
«A una capra».
«A una capra capra?».
«Sissignore».
Il barone Uccello compatì l'amico, evidentemente non riusciva a ripigliarsi per la perdita del figlio. Fecero un'altra partita, pure questa vinta dal barone.
«Mi pare che non è giornata» disse don Filippo e proseguì: «Le volevo domandare una cosa, carissimo. Una cosa privata e lei è liberissimo di non rispondere».
«Sentiamo».
«Lei vuole bene alle sue due nuore?».
«Io non so perché mi fa questa domanda e manco lo voglio sapere. Ma le rispondo. Vede, quando mi vie-

ne a trovare Sarina, la moglie del mio maggiore, io m'incanto a taliarla e non posso tenermi, ogni tanto, di fare sospiri. Se le viene desiderio di qualche cosa, io sono pronto a darle la qualunque. E quando sento che mi ringrazia con la sua vocina, mi sciolgo tutto. Con Luisina, la moglie del minore, invece è tutta un'altra cosa, privo di dio!».
«Non le vuole bene?».
Il barone si taliò attorno, pigliò la seggia, la spostò e s'assittò allato a don Filippo per poter parlare a bassa voce.
«Ora le confido una cosa che m'affronto a dirla e perciò lei non mi talii mentre gliela dico. L'altra notte me la sono sognata a Luisina, lei dormiva nel mio letto e avevamo finito di fare quello che fanno un mascolo e una femmina, mi spiego? Dalla persiana trasìva la luce della luna e io me ne stavo a contemplarla, nuda e bianca. Questo per dirle, egregio».
Fece una pausa.
«Lei, purtroppo non potrà mai più saperlo, marchese. Ma sempre un padre s'innamora della femmina amata dal figlio».
E allora il marchese la vide, nella radura al margine del bosco, la bella capra girgentana di pelo lungo bianco e marrone, dai grandi occhi umidi e spaventati, dalle corna di liocorno intorcinate, dalle dolcissime mammelle color pane cotto. E attraverso la vista di Carmelina in un lampo il marchese capì com'era fatto suo figlio e capì quello che, da uomo, aveva perso perdendolo. Per la prima volta dopo la disgrazia un dolore vero, totale, fece irruzione dentro di lui, straziandolo.

La sera, mentre 'Ntontò e don Filippo mangiavano la cena servita dalla serva Peppinella e da suo marito Mimì, l'ex ladro di passo ed ergastolano, pigliato in

casa dal padre del marchese per pura simpatia, don Filippo non staccava l'occhio da sua figlia 'Ntontò. Il nero del lutto le donava, pareva una pupa di zucchero, piena come un aglino, il bacino accogliente, i lunghi capelli biondi, i pomelli arrossati, gli occhi chiari e un poco pazzi.
«Ma da chi pigliò?» si domandò il marchese che di natura sua era nìvuro come un carcarazzo, così come donna Matilde. Cancellò subito la domanda, ricordando l'indefinibile sorriso della moglie.
«A mamà mangiò?» fece 'Ntontò a Peppinella.
«Picca, ma mangiò» rispose la serva. Donna Matilde non voleva più uscire dalla sua camera per nessuna ragione al mondo.
«Magari la voce ha bella» si disse il marchese. E poi si rivolse direttamente a lei:
«Ma tu perché non ti vuoi maritare? E sì che te ne hanno portato buoni partiti».
«Non mi voglio accasare, per ora».
«E quando, figlia mia? Ricordati che hai quasi venticinque anni e dalle parti nostre...».
«Ora vi viene di fare il padre di famiglia?» scattò 'Ntontò. «Dopo che ve ne siete sempre allegramente impipato?».
Il marchese non reagì, e continuarono a mangiare in silenzio.
«Bello» disse dopo un poco 'Ntontò per rompere la cappa che era calata «il collié che avete regalato a mamà. Ma perché ci avete fatto mettere cinque pezzi di piombo?».
«Le ho detto che quelli erano i proiettili che hanno ammazzato Rico».
«Ma Rico è morto di funghi!».
«Lo so, e io invece le ho dato ragione nella sua fissazione contandole una farfantarìa».

«E perché?».
«Perché così vedrai che si calma. Non farà più voci e noi la notte potremo dormire in pace».

Fu, invece, una nottata spaventosa. Gettato di traverso sul letto matrimoniale, il marchese da due ore dormiva che pareva morto quando qualcosa gli sfiorò la guancia. Pensando che si trattasse di un pilacchio, una di quelle blatte con le ali che nei mesi caldi in Sicilia svolazzano come stormi di rondini, si diede una gran botta che ebbe l'effetto di arrisbigliarlo completamente. Don Filippo aprì gli occhi e, alla debole luce di un lumino che teneva tutta notte allumato, vide una forma bianca addritta ai piedi del letto. Il marchese era uomo superficiale ma temperamentoso, capace quindi di passare da gesti di sconsiderato coraggio ad altri di ributtante vigliaccheria. E questa volta si mise in azione il suo lato scantuso. In un fiat, e senza che niente lo giustificasse, si fece persuaso che quella forma bianca era il fantasma di Rico. Si assammarò di sudore.
«Che vuoi? Che t'ho fatto?» pigliò a supplicare in ginocchio sul letto, a mani giunte: «Abbi pietà di me».
Visto che il fantasma non replicava, il marchese, ricordandosi che la luce era nemica di queste ùmmire d'oltretomba, arriniscì ad accendere il lume a petrolio sul comodino dopo alcuni tentativi a vacante per il tremolizzo delle mani. Però, invece di scomparire, la forma pigliò peso nella persona di donna Matilde, scalza, camicia da notte, capelli sciolti, occhi sparluccicanti, tutta alliffata di belletto che pareva avere perso una ventina d'anni.
«Volevo ringraziarla» disse la marchesa «per il regalo che si è incomodato a portarmi».

Si zittì, mentre don Filippo strammava a vederla tanto picciotta da fare desiderio. Poi donna Matilde continuò:

«Ma oltre al ringrazio, sono venuta a darle disturbo per un'altra cosa».

«Agli ordini» fece don Filippo e si scansò nel letto a farle posto. Ma nello stesso tempo si mutriò. Come si permetteva sua moglie a entrare di notte nella camera di quello che per lei era uno sconosciuto e, per buon peso, con intenzioni chiarissime? Ma si sbagliava di grosso proprio sulle intenzioni.

«La cosa che voglio domandarle, signore, è questa: sa dirmi il nome di chi sparò a mio figlio?».

«E chi lo sa, il nome? Qualcuno che gli voleva male».

«Nessuno poteva voler male a Rico».

Il marchese rifletté che se le faceva un nome, uno qualsiasi, quella se ne tornava quieta nella sua camera e lui avrebbe potuto ripigliare sonno.

«Va bene. Il nome è Abdul, si tratta di un arabo che campa dalle parti di Trapani».

«E perché ammazzò Rico?».

«Appartiene a una setta di fissati che ammazzano i picciotti che hanno ventidue anni, si chiamano Federico e mangiano funghi».

«Grazie. È stato gentile. Lei si trattiene da noi?».

«Ancora un poco».

«Allora la saluto perché domani parto».

«E dove va di bello, marchesa?».

«Dalle parti di Trapani. E appena lo vedo, lo sparo, all'arabo. Con questo».

Aveva sempre tenuto il braccio destro darrè la schiena. Ora il braccio si tese verso il marchese: donna Matilde impugnava saldamente un pistolone e glielo puntava contro. E qui si fece largo l'altro aspetto di

don Filippo, quello temerario. Con una vociata da fare scanto a un lupo, il marchese si gettò contro la moglie e le agguantò il polso della mano armata. Si arrotolarono assieme a terra. Partì un primo colpo che ruppe il lume, il petroglio si spanse sul letto e le lenzuola pigliarono fuoco. I due continuarono a lottare facendo voci squasciariate. Il secondo colpo si avviò verso la porta dalla quale stava in quel preciso momento trasendo Mimì. Questi, recuperando l'intuito di ex brigante di passo, dal solo botto calcolò portata e gittata, scansandosi quel tanto che bastava. Accorsero pure vociando 'Ntontò e Peppinella e finalmente i due avversari vennero divisi.
«Quest'uomo mi si è gettato sopra, voleva farmi fare cose vastase e mi ha puntato una pistola» disse calmissima e tutto d'un fiato donna Matilde.
«Io?! Ma se sei stata tu a puntarmela contro!».
«Mi dia del lei, mascalzone!».
'Ntontò e Peppinella si portarono via la marchesa chiudendola a chiave nella sua camera, poi si precipitarono a dare una mano d'aiuto a don Filippo e a Mimì per astutare il principio d'incendio. Fino a matina, travagliarono.

«Tutto bene a casa?» spiò il barone Uccello.
«Sì, perché?» rimandò il marchese che stava perdendo la terza partita mattutina.
«Mah, vuol dire allora che in paese dicevano minchiate».
«Sarebbero?».
«Che a notte funnuta a casa sua prima si sono sentiti due colpi e poi si videro fiammate dietro le persiane».
«Ma la gente di questo paese che fa la notte invece di dormire o di rasparsi le corna sue?».

«Mah. Dicono che sono stati due botti di fucile... che so... di pistola».
«Sono stato io, carissimo. Avevo comprato due furgaroni per spararli alla festa di San Calorio. Ma non l'ho potuto fare perché siamo a lutto. Li ho voluti provare».
«Di notte?!».
«Perché, c'è un orario preciso per provare i furgaroni?».

Non c'era niente da fare. Il marchese stava assittato allo scagno mentre addritta allato a lui il ragioniere Gegè Papìa, l'amministratore, gli assistemava davanti agli occhi carte da firmare. E prima di mettere ogni firma, don Filippo si odorava le dita. Niente da fare. Si era lavato e rilavato ma l'odore della pelle di donna Matilde gli era rimasto attaccato sulle mani, sulle braccia, dovunque. Troppo si erano impiccicati la notte durante la sciarriata. Don Filippo firmò l'ultima carta. I Peluso erano in un certo senso traditori del ceto e del censo: sapevano di leggiuto e di scrivuto mentre la maggior parte degli altri nobili usava apporre un segno di croce. «Non firma perché nobile», leggere e scrivere erano cose da sucainchiostro, da miseri impiegati. Papia s'inchinò e uscì, dando modo a don Filippo di potersi odorare in libertà.
Con una tuppiata leggera trasì 'Ntontò.
«Glielo avete detto a Papìa di pagare i funerali di nonno e di Rico? Pure stamattina padre Macaluso me l'ha arricordato. Papìa manco scannato darebbe un soldo ai parrini».
«Glielo ho detto. Oggi stesso la chiesa sarà pagata. Dato che sei qua, 'Ntontò, dimmi una cosa: a mamà ce l'ha il marchese?».

'Ntontò si insitò subito sull'agro.
«Ma come vi viene, in questi momenti, di fare lo spiritoso? Certo che ce l'ha, il marchese: siete voi».
«Non mi hai capito. A mamà ci vengono ancora le sue cose?».
'Ntontò si fece di fuoco.
«Ma che lordarìa vi sta passando per la testa? A mamà non è più femmina da due anni».
Scoppiò a piangere e uscì di corsa.
Don Filippo tornò a sciavurarsi le mani.

Fu una seconda nottata d'inferno. Nudo, il sciàvuro di sua moglie si era fatto più forte, facendogli venire alla memoria notti di vent'anni prima, quando lui e donna Matilde stavano incollati per scascione più piacevole. E in più il feto di bruciaticcio che era rimasto spalmato alle pareti gli faceva aprire la tosse ma non se la sentiva di susirisi e andarsene in un'altra camera. Smaniava, e dette la colpa al gran caldo che c'era, pur essendo settembre avanzato. Quando sentì le campane che chiamano la prima messa, si vestì e uscì a piede lèggio, chiudendo il portone dietro di sé senza fare rumorata.
Aspettò addritta, in fondo alla chiesa, che la messa fosse finita e che quattro vecchie e due viddani intortati dal travaglio sulla terra fossero usciti, quindi si precipitò nella sagrestia. Padre Macaluso, che si stava levando i paramenti aiutato dal sagrestano, certamente si meravigliò, però fece finta di niente. Scorbutico e incazzoso com'era di natura sua, aspettò che il marchese lo salutasse per primo, mentre a don Filippo di rivolgere un saluto a un parrino figlio di viddani piedi incretati non gli passava manco per l'anticamera del cervello. Finì che non si salutarono. E per scattusarìa, padre Macaluso ri-

piegò i paramenti impiegandoci cinque volte più del necessario.
«Cuoci nel tuo brodo, cornuto».
Fatto nèsciri il sagrestano, finalmente il parrino taliò il marchese.
«Che abbiamo?».
«Vorrei parlarle».
«Ah, meno male. Pensavo fosse venuto qua alle cinque e mezza del matino per tagliarmi la barba».
Il marchese non raccolse.
«E vorrei magari che quello che sto per dirle restasse segreto».
«Guardi, io delle cose degli altri in genere non ne parlo. Ma se vuole essere più sicuro si affidi al segreto del confessionale. Che mi dice?».
«Vorrei parlarle da uomo a uomo».
«Sentiamo».
«Voglio un figlio».
«Minchia! Ci risiamo!».
«Che viene a dire ci risiamo?».
«Guardi, quando mi hanno fatto parroco di questa chiesa, succedendo alla buonanima di padre Carnazza, era giusto il periodo in cui lei si era intestato ad avere il figlio mascolo. E la marchesa veniva a confessarsi ogni sabato. Mi sono spiegato?».
«Non si è spiegato un cazzo».
«No, era lei che lo spiegava, il cazzo, come fosse una bannera, ogni notte che Dio mandava in terra!».
«Ma il matrimonio non è fatto per quello?».
«Sissignore, magari per quello. Ma non per soddisfare il suo egoismo e la sua vanità. Lei voleva il figlio mascolo per avere un erede al quale lasciare nome e beni. Ma cosa crede che sia un nome? Cosa crede che siano i beni terreni? Merda, sono».

«Scusi, ma se a me piace ballarci, nella merda, a lei che gliene fotte?».
«Lasciamo perdere. Cosa vuole da me?».
«Senta, prima di andare avanti le dico una cosa che non ho dovere di dirle. Si sbaglia, sulla storia dell'erede. Per Rico ha ragione. Ma quest'altro io lo vorrei come può volerlo un cristiano qualunque e senza un soldo nella sacchetta».
«Questo le torna a merito. Ma non penso che donna Matilde sia più in grado».
«E chi parla di mia moglie?».
Il parrino sbatté le palpebre.
«Ho sentito bene?».
«Benissimo».
Padre Macaluso diventò un peperone, mezzo rosso e mezzo verde.
«Ma Cristo di un Cristo, lei viene qua, nella casa del Signore, a contarmi che vuole commettere adulterio?».
«Ca quale adulterio, che parola grossa! Io mi faccio il figlio con una – con mia moglie non posso, l'ha detto lei stesso – adotto il picciliddo e chi s'è visto s'è visto».
«Sempre adulterio è, con donna Matilde viva!! Quando la povera signora se ne sarà acchianata in cielo lei, dopo un poco di vedovanza, si sposa con la femmina dalla quale vuole il figlio e tutto è a posto».
«Il fatto è che la femmina dalla quale voglio un figlio è già maritata».
«Allora lei, o di sicco o di sacco, è proprio incornato a commettere adulterio! Lei è un fissato, un maniaco dell'adulterio! Non lo sa che è peccato più nero dell'omicidio?».
«Vuole scherzare?».

«Non sto scherzando, stronzo» gridò padre Macaluso soffocato dalla raggia. E, sollevando in aria una pesantissima sedia, non risparmiò al marchese il carico da undici:
«Esca subito dalla casa di Dio, pezzo di merda!».

Tre

In pochi giorni il marchese sistemò le sue cose, delegò alla firma il ragioniere Papìa, fece caricare quattro baulli su due mule e se ne partì per le Zubbie. Quando lo vide arrivare, levare dai baulli vestiti pesanti, maglie di lana e cappotti, Natale Pirrotta s'infoscò.

«Vossia m'avi a scusare, cillenza. Ma si avi intento di passare qua l'invernata, io che mi metto a fare il giro della Sicilia firriando come una strùmmula, una tròttula?».

«Non ti pigliare preoccupazione, Natà. Domani arriva Maddalena, la soru più grande di Peppinella, che ha settant'anni. Dormirà con Trisìna, così nessuno può fare malignità».

«E io unni vaio?».

«Tu vai a dare una mano d'aiuto a Sasà Ragona, il campiere di Pian dei cavalli. Avi la malaria e non può travagliare come prima. E quando vuoi, torni qua a salutare Trisìna».

A casa sua, il marchese si fece rivedere solo alla vigilia di Natale. La prima cosa che notò fu che nella cappella non c'era presepio.

«Ma ve lo siete scordato?» gli disse 'Ntontò. «Quello lo faceva Rico. Io non lo so fare e Mimì manco».

Don Filippo ripensò ai presepii di Rico. Sì, c'erano le montagne fatte di cacazzi, le palme, il ruscelletto, la grotta, il bue e l'asinello ma tutto era annegato, cummigliato da un fitto tappeto di funghi. E il

bambinello stesso era preciso a un fungo, tra il fungo Giuseppe e il fungo Maria.
«A mamà è vigilante?».
Al cenno affermativo di 'Ntontò, aprì la porta ma fece un passo indietro per il tanfo.
«Cristo, perché non aprite la finestra?».
«Non vuole».
Vincendo la nausea, entrò e si assittò davanti alla moglie.
In tre mesi era diventata una vecchia, i capelli completamente bianchi. Ci si vedeva poco nella camera, la fiamma del lume era tenuta bassa e donna Matilde si sforzava, aggricciando la faccia, di leggere i lineamenti del visitatore. Per aiutarla, don Filippo andò al canterano, alzò la fiamma, s'assittò nuovamente. Fu allora che la marchesa lo riconoscé.
«Aiuto!» si mise a fare voci. «Aiuto! Per carità, aiutatemi!».
Corsero 'Ntontò, Peppinella e Mimì e successe il solito tirribìlio. La marchesa era riuscita, con la forza della disperazione, a susìrisi a metà della poltrona, aggrappata ai braccioli.
«È lui! È quello che mi voleva sparare! È quello che mi voleva fare cose vastase!».
Prima di nèsciri, don Filippo si voltò a taliare la moglie. E gli parve – ma sicuramente non era possibile, era un effetto della luce ballerina del lume – che quella stesse ridendo.

«Noi mettiamo a dormire a mamà e poi nesciamo» disse 'Ntontò. «Andiamo alla messa di mezzanotte. Io, Peppinella e Mimì».
«Magari Mimì?».
«Sissi».

«E quello ce n'ha da sentire messe prima di scontare tutti i suoi peccati».
«Voi che fate, papà? Andate al circolo?».
«Ancora non lo so».
Rimase assittato a lungo alla tavola sconsata, bevendo di tanto in tanto mocconelli di vino. Poi, quando fu certo che tutti se ne fossero andati, si avviò verso la camera di Rico. Erano anni che non ci metteva piede e subito gli parve assai più nica di quanto ricordasse. Posò il lume su uno scagno e si taliò attorno. Gli pareva di provare una sensazione stramma che non sapeva spiegarsi e più taliava e ritaliava più quell'impressione s'inforzava. A un tratto ne capì la ragione. La camera era quella di un uomo grande, lo dicevano la misura del letto, i vestiti, le scarpe e la scopetta appoggiata a un angolo, che evidentemente Bonocore aveva recuperato nel bosco. Però la camera era magari quella di un caruso, e quest'impressione la davano per esempio i disegni appizzati ai muri, disegni fatti di recente e che raffiguravano, con tratto infantile, «papà», «mamà», «me soru 'Ntontò», stando a quello che c'era scritto sotto. Aprì il cassetto dello scagno e vide una pila di fogli magari questi addisegnati e che avevano sempre lo stesso soggetto: una capra. Taliandoli uno dopo l'altro, il marchese poté vedere con quanta applicazione Rico facesse progressi, infatti l'ultimo foglio era un vero e proprio ritratto di Carmelina. Rico l'aveva colorato e ci aveva azzeccato magari nelle sfumature. Con uno scatto di rabbia di cui non si rese manco conto, gettò i fogli per aria e niscì.
«Che minchia di notte di Natale» si disse. «Ora me ne vado al circolo e mi gioco un feudo».
Si sentì però pigliato di stanchezza, gli dolevano le spalle come se avesse portato carico. Aprì lentamente la porta della camera di donna Matilde e ta-

liò. C'era solo un lumino allumato e si rassicurò, non voleva troppa luce, capace che se quella lo vedeva e lo riconosceva succedeva un altro ammoino.
S'assittò su di una poltrona ai piedi del letto. Donna Matilde dormiva con la bocca aperta e ogni tanto si lamentava. Lentamente don Filippo allungò una mano e la posò sulla guancia della moglie, poi la ritirò, l'appoggiò al naso e tirò il respiro. Niente. La mano gli odorava di sudore rancido. Il marchese stette ancora un pezzo a taliarla, poi le parlò.
«Questa notte la passo con te. Buon Natale, Matì».
Quando 'Ntontò, tornata dalla messa, volle dare un'occhiata alla madre, trovò don Filippo appisolato. Non lo svegliò.

La strada verso le Zubbie il marchese se la fece al galoppo, come se fosse stato assicutato, e arrivò tanto di corsa nello spiazzo della casina da fare pigliare un moto a Trisìna, a Maddalena e a Pirrotta che le stava salutando per tornarsene a Pian dei cavalli.
«Natà, non puoi andarci domani mattina? Mi devi spiegare una cosa».
La sera, dopo mangiato, si assittarono vicino al pozzo e il marchese volle sapere come poteva fare a costruirsi un caminetto nella sua camera.
«Ma perché non chiama un mastro?».
«Perché lo voglio fare con le mie mani. Non dubitare, ne sono capace. E poi mi serve come passatempo».
«Ma c'è da acchianare sul tetto ed è pericoloso: me mogliera, meschina, ne fece spirienzia».
«Pirrò, voglio fare di testa mia. Tu ce l'hai gli armiggi?».
«In casa c'è tutto».
Dopo le spiegazioni, si sentì calare sonno: salutò Pirrotta che sarebbe partito all'alba e che avrebbe dor-

mito nella stalla per non portare incommodo alle due femmine, e si ritirò nella sua camera. Stette una picca assittato davanti alla finestra a farsi una pipata e poi, con le palpebre che gli facevano pampinella, si coricò. Come un colpo di magarìa, appena in posizione orizzontale, il sonno gli passò. Per ore si votò e si svotò con le lenzuola intorciniate attorno al corpo bagnato di sudore, poi si fece persuaso che l'unica era mettersi daccapo alla finestra a taliare la stella del mattino. Sentì Pirrotta che nella stalla sellava la mula e partiva. Aspettò che la luce dell'alba gli facesse travedere la linea del mare e si ricoricò, gli occhi sgriddrati, le mani incrociate darré la nuca. Così lo trovò Trisìna che gli si stinnicchiò allato e cominciò a baciarlo fra i peli dell'ascella.

«Abbiamo il tempo che vogliamo» disse. «Ho alloppiato la vecchia».

«Che hai fatto?».

«Gli ho messo una picca di decotto di papavero nella minestra».

«Ma non gli farà male?».

«Nonsi, cillenza. L'ho provato mentre voscenza non c'era. La fa dormire fino a matina tarda. Si lamenta solo di avere tanticchia di malo di testa».

Poi principiò a tastiarlo e si mise a ridere.

«E chi fu, eccellenza, magari iddu si fece alloppiare? Ora glielo arrisbiglio io come piace a voscenza».

Scostò il lenzuolo, prese a scivolare lungo il corpo del marchese ma questi la fermò pigliandola per i capelli.

«Lascialo perdere» disse. «Stamattina è tanticchia ammalinconito».

Donna Matilde pigliò la sua decisione verso la metà di gennaio. Le avevano appena portato il pranzo, si-

stemato sopra un tavolinetto davanti la poltrona, che 'Ntontò sentì una grande battarìa provenire dalla camera della madre. Il tavolinetto era rovesciato, dai piatti spaccati il brodino e l'uovo ciruso stavano allordando il tappeto.
«V'è caduto?».
«Nze» fece donna Matilde alzando il mento.
«E come fu, allora?».
«Io fui, apposta».
«E perché?»
«Mi stuffai».
«Del mangiare?».
«Nze».
«Dello stare assittata?».
«Nze».
«E di che allora?»
«Di tutto».
E da quel giorno non ci fu più modo e maniera di farle agliuttìri qualcosa. Si allettò, si sosteneva con un poco d'acqua da un bicchiere sul comodino e non volle più parlare con nessuno, manco con 'Ntontò. Il dottore Smecca quando venne a visitarla, allargò le braccia.
«Me l'aspettavo da un giorno all'altro. Non è che è malata, ma le passò la gana di continuare a campare».
'Ntontò però volle fare un altro tentativo e mandò a chiamare Fofò La Matina. Gentile e sollecito come sempre, il farmacista visitò la marchesa, confermò quello che aveva detto Smecca e se ne tornò in farmacia. 'Ntontò se lo vide nuovamente spuntare in casa un'ora dopo.
«Facciamo un esperimento» disse Fofò versando il contenuto di una cartina nel bicchiere di donna Matilde. «Questo dovrebbe aprirle l'appetito».

Invece alla marchesa l'appetito non smorcò e aveva voglia il farmacista a provare con polverine di colore diverso, anzi siccome donna Matilde sentiva cangiare il sapore dell'acqua, decise di non vìviri più e di bagnarsi le labbra di tanto in tanto con un fazzoletto. A questo punto, magari Fofò La Matina dovette allargare le braccia davanti a 'Ntontò che non aveva più manco gli occhi per piangere.

Don Filippo stava davanti al caminetto di cui si gloriava come se avesse fabbricato la reggia di Caserta e si quadiava, tenendo Trisìna sulle gambe. Era prima sera, Maddalena si era andata a coricare debitamente alloppiata e quindi non c'era scanto di sorprese. La sorpresa invece ci fu quando il marchese sentì che qualcuno lo chiamava dallo spiazzo. Armato di scopetta, aprì cautamente vetri e persiana.
«Sono io, cillenza, Mimì».
«Che c'è?».
«Deve venire in paese, ho portato lo scappacavallo. La signora marchesa sta morendo».
Partirono con Mimì che dava zottate all'urbina al cavallo.
«Mi scanto che arriviamo tardo».
Quando entrò nella camera della moglie, il marchese venne subito sparato in mezzo alla fronte dall'occhiataccia di padre Macaluso che recitava preghiere accompagnato da 'Ntontò e da Peppinella inginocchiate ai piedi del letto.
«È viva?» spiò.
Fofò La Matina, che era addritta vicino alla finestra, fece cenno di sì con la testa.
«Uscite tutti» disse il marchese «poi vi richiamo».
Obbedirono. Lo scroscio della pioggia contro i vetri arrivò mentre don Filippo afferrava una seggia per

assittarsi al capezzale. Poi, un poco curvato in avanti, pigliò la mano della moglie nella sua. Stette così un pezzo. Ebbe a un tratto l'impressione che nel tetto ci fosse una guttèra e che la pioggia filtrasse. Alzò gli occhi ma il soffitto era intatto.
«E pazienzia» si disse «vuol dire che sono io che sto piangendo».

Invece di lasciarlo trasiri nella camera della moglie, don Filippo fermò Fofò La Matina sulla porta.
«È di necessità che tu stai qua?».
Se lo portò nella camera dello scagno, lo fece assittare sopra un divano, gli offrì un sigaro che venne rifiutato, si allumò la pipa.
«Ti dispiace se ti chiamo col tu? Ti ho conosciuto che avevi sì e no dieci anni».
«Onorato, eccellenza».
«E non chiamarmi né eccellenza né marchese. Chiamami solo don Filippo».
«Come desidera lei».
«Perdonami ma sento bisogno di parlare con qualcuno».
«Qua sono».
«Lo sai? Sono stato io, in un certo modo, a fare la fortuna di tuo padre».

«Domando perdono» fece l'allora poco più che ventenne Filippo Peluso, principiando a isarsi con i sospiri, le intorciniate e tutti i mutuperii necessari a mettere in posizione verticale i suoi centocinquanta chili di carne e ossa. «Io ne approfitto mentre l'amico Uccello fa le carte».
Stavano giocando a briscola, giovani contro vecchi. I giovani erano Peluso e Uccello, i vecchi il marchese Fiannaca e don Gregorio Gulisano.

«E quattro, camurrìa!» commentò a mezza voce Gulisano, il quale, pesando appena quarantacinque chili, provava una specie di sordo e irragionevole nervoso quando vedeva Filippo Peluso cominciare le manovre per sisìrisi.
«Perché, c'è da pagare dazio?» domandò il marchesino che era d'orecchio fino.
«Per che cosa?».
«Per le mie pisciate. È da un'ora che state a contarle».
«E io mi domando e dico come si fa ad andare nel retré quattro volte in due ore» ribatté Gulisano facendosi verde in faccia.
«Andiamo, signori, siate serii» si intromise il baronello Uccello. «Se cominciate a discutere, questa benedetta partita non la finiamo più. E io devo essere a casa a mezzanotte spaccata».
«Potete cominciare ad andarvene, la porta è vostra».
«Via marchese...».
«Via marchese un cazzo. Qua finisce che facciamo matina se il signor Gulisano non mi spiega perché e percome lo disturba tanto il fatto che io senta bisogno di orinare. Che è sua la tavola del cesso? Si scanta che gliela consumo?».
Gregorio Gulisano fece uno sforzo visibile per tenersi calmo, aprì la bocca, pigliò aria e non spiccicò parola. Calò silenzio. Il marchesino Peluso non si caminava, una mano artigliata alla spalliera della seggia, l'altra pesantemente appoggiata al tavolino; il marchese Fiannaca contava e ricontava le onze e i tarì che aveva davanti; il baronello Uccello continuava a tagliare il mazzo. Dopo conveniente pausa, Filippo Peluso riattaccò.
«O il signor Gulisano si degna di spiegarsi o io fra un minuto, dato che non posso più tenermi, me la tiro fuori qua davanti a tutti e annego il tavolo».

A petto della minaccia, che conoscendo la stammarìa e le alzate d'ingegno del marchesino non era per niente campata in aria, il marchese Fiannaca si decise a intervenire.
«Carissimo Gulisano» fece «volete usarmi la personale cortesia di chiarire all'amico Peluso il vostro atteggiamento? Così, dopo, non ci pensiamo più e ripigliamo a giocare».
Fiannaca era buono e caro, di scarsa parola e di giusto giudizio, ma gli urbi e gli orbi sapevano che non era prudente negarsi alle sue domande.
«Perché mi fa raggia» spiegò a denti stretti Gregorio Gulisano. «Ma come?! Per anni ti assilla col fatto che la scarsa minzione lo riduce grasso come un maiale, ti conta per filo e per segno la visita che gli hanno fatto a Palermo che poi vomiti per due giorni, ti spiega che è obbligato a ficcare solo a panza all'aria e non come tutti i cristiani di questo mondo e poi se ne viene qua stasera e si mette a pisciare a ogni mezz'ora, non facendomi capire più niente della partita».
«E voi marchese, come spiegate la cosa?» domandò Fiannaca continuando a fare opera di mediazione.
«Sono state quattro pere miracolose che Santo La Matina ha dato a mio padre. E ora, col vostro permesso, posso?».

«E questo è quanto» concluse don Filippo. «Fu così che venne fuori il nome di tuo padre, che era curatolo di un pezzo di terra nostro. Mio padre e tuo padre si facevano simpatia, si parlavano e quando Santo seppe che io ero grasso tanto da non potermi cataminare, disse che lui il rimedio ce l'aveva e mi mandò le pere. Poi, quando le pere mi finirono, ci andai io a domandargliene altre. Con tuo padre, dalla vostra ca-

sina, ci facemmo due ore a cavallo, passammo dalla montagna del Crasto e arrivammo sopra la montagna dell'Omo Morto. Era un posto desolato, manco le serpi ci volevano stare. Attaccammo a scendere, c'erano solo pietre e a un certo momento la vallonata era chiusa da una quantità di massi. Legammo i cavalli e strisciammo dentro a un pertuso. Appena nisciuto, mi trovai nel giardino del paradiso. Erano due salme scarse di terra, ma c'era ogni cosa, sbergie, piriazzola, zorbi, persiche, aranci, limoni, racina, mennuli dolci e mennuli amare, fastuche e poi ciciri verdi, pomodori, fave, piselli... e tutte queste cose stavano lì, l'una allato all'altra, in piena fioritura, senza curarsi di che stagione fosse. Come minchia Santo facesse, se lo sapeva solo lui».
«Ficcava con la terra e con le piante» disse calmo Fofò che aveva ascoltato impassibile la descrizione.
«Stai babbiando?».
«Con lei non mi permetterei, don Filippo. Le sto dicendo una cosa che non ho mai detto a nessuno. L'ho visto con questi occhi, una volta che facevo finta di dormire. Praticava un pertuso per terra o nel tronco di un albero e cominciava a ficcare. Concimava con il suo spacchio. Non sempre però lo faceva, solo certe notti che gliele diceva una ciàvula con la quale parlava».
«Con un uccello?!».
«Beh, se è per questo, parlava magari con formicole, scursuna, lucertole e via discorrendo. Le prime volte mio padre mi parse alloccato, pensai che parlasse a vacante».
«Perché, secondo te uno che si mette a discorrere con un grillo non è alloccato?» domandò don Filippo ancorandosi polemicamente alla ragione naturale.

«Vede, don Filippo, il fatto è che quelli gli rispondevano».

«Parlavano?!».

«No, parlare no. Ma rispondevano a modo loro, col movimento o col verso proprio. Però quello che dicevano lo capiva solo lui. Una volta, sotto un sole che spaccava le pietre, si fece una discurruta di tre ore con una lucertola».

Don Filippo, alle parole di Fofò, cominciò a sentirsi firriare la testa. Preferì continuare su un terreno più solido.

«Ti stavo dicendo come fu che il nome di tuo padre venne saputo. Devi sapere che quel garruso di Gregorio Gulisano mi aveva seguitato ammucciùni. Quando io me ne tornai in paese con le pere, Gulisano, con la faccia stagnata che si trovava, si presentò a Santo e tanto disse e tanto fece che ottenne da lui quattro finocchi che facevano ingrassare. E così, in capo a tre mesi, Gulisano e io eravamo diventati due figurini. Ma la voce si sparse, tutti pigliarono a domandargli cose e Santo, che non sapeva dire di no ma che si scantava che il loco del giardino venisse scoperto, incaricò a tia di andare tre volte la simana in paese a portare quello che serviva a chi ne aveva il bisogno. T'arricordi come ti chiamavano?».

«Sì. Ingravidabalconi».

«Stavi sempre con la testa all'aria a taliare le picciliidde e le caruse ai balconi e camminavi sbattendo qua e là. Una volta ti trovai impalato sotto un finestrone di questa casa, c'era affacciata 'Ntontò che allora aveva manco otto anni e la taliavi, affatato. Magari lei però ti taliava. Ti sparai un càvucio nel culo che facesti un volo di tre metri, ti caddero i pomodori che avevi nella cesta e ti mettesti a piangere. Questo te lo ricordi?».

«No. Vede, don Filippo, calci a quell'epoca ne pigliai tanti che ancora mi duole il culo».
Don Filippo tirò un sospiro lungo.
«Divento vecchio, carissimo» disse. «Sto cominciando a parlare di cose passate».
Aspettarono, in silenzio, la morte di donna Matilde.

Due ore dopo il funerale, don Filippo, pigliato il fuiùto, era già a cavallo per tornarsene alle Zubbie. Mimì, tenendo la vestia per le redini, accompagnò il padrone dalla stalla all'uscita, poi gli serrò il portone alle spalle.
Prima di spronare, il marchese si fermò a taliare indietro. Sull'anta di destra c'erano tre vistosi segni di lutto, tre grosse coccarde nere, la prima scolorita dal sole, la seconda tanticchia meno, la terza nuovissima. Sotto la prima, c'era un cartiglio sul quale era scritto «per il mio caro padre», sotto la seconda la scritta diceva «per il mio adorato figlio», sotto la terza tre sole parole, «per mia moglie».
«E meno male che ancora c'è posto» pensò il marchese allontanandosi.

A don Filippo, nei sedici mesi che gli restavano di vita, le giornate passarono tranquille. Alle Zubbie non aveva niente da fare, se non coricarisi con Trisìna e farsi lunghissime passeggiate. Fu così che un giorno, mentre camminava nel suo vigneto filare dietro filare, fece una scoperta laida che l'amareggiò. Aspettò che arrivasse Pirrotta, in una delle sue visite sempre più distanti, per fargliene parola.
«Natà, hai veduto la vigna?».
«Nonsi, tanto io non ci abbado».
«Vieni con me».

Della rovina, l'occhio pratico di Pirrotta si rese subito conto.
«Ci pigliò la malatia» disse. «Bisogna dargli sùlfaro».
«E perché non glielo dai?».
«Perché ci vogliono giornate intere di travaglio. E io sotto lo stesso tetto di Trisìna non ci voglio stare».
Don Filippo lo taliò pensoso.
«A questo si può trovare rimedio».

Natale Pirrotta accettò il rimedio proposto dal marchese solo perché gli piangeva il cuore a vedere la vigna che pativa il male. La soluzione inventata da don Filippo era di estrema semplicità. Se Natale non voleva dòrmiri sotto lo stesso tetto di Trisìna, bastava fabbricare una cammara allato alla casa grande con un suo tetto proprio, per Pirrotta. La cosa parse arraggiunata al campiere che si diede di gran gana a travagliare con pietre, rena e quacìna. La porta e la finestra arrivarono con un carretto guidato da Mimì. In capo a una ventina di giorni, Pirrotta poté andarci a dormire. E Maddalena, la soru di Peppinella, venne rispedita a Vigàta nel palazzo dei Peluso a fare da accompagnatrice della signorina 'Ntontò le rare volte che usciva per andare in chiesa. Alle Zubbie però le regole vennero sempre rispettate: dopo il mangiare della sera, Pirrotta andava a dormire nella sua camera a pianoterra, Trisìna saliva a stinnicchiarisi nella matrimoniale a due lettini, il marchese si ritirava nella sua. Quello che succedeva fra don Filippo e Trisìna dopo che si erano astutati i lumi, lo sapevano solo Dio, Pirrotta e tutta Vigàta.
Una sera, che stavano a fumarsi la pipa e a taliare la

luna mentre Trisìna era andata a dòrmiri, il marchese si decise a spiegare il suo intento a Natale.
«Natà» disse «voglio fare un figlio».
«Con Trisìna?».
«No, cu tia».
Risero.
«E io che parte faccio?» domandò Pirrotta dopo un certo tempo.
«Tu fai la parte del padre. Questo figlio te l'accolli e gli dai il tuo nome. Poi io, che agli occhi del mondo non ho figli mascoli, me l'adotto col tuo consenso. Ti pare ragionato?».
«Per essere ragionato, è ragionato. Ma ci parlò con Trisìna?».
«E chi se ne fotte di Trisìna. Farà quello che diciamo noi due, se siamo d'accordo».
Pirrotta restò a lungo in silenzio, stava a pensarci sopra. Il marchese interpretò male la mutangherìa del suo campiere.
«Ci guadagnamo tutti, Natà. Io ho il mascolo e tu ti metti in sacchetta quello che vuoi per il permesso che mi dai d'adottarlo. Quello che vuoi».
Pirrotta si levò la pipa di bocca con lentezza.
«Io a voscenza l'aio sempre rispettato. E voscenza avi sempre rispettato a mia. Pirchì voli ora accuminzari a offèndiri?».
«Ti domando perdono, Natà» fece il marchese capendo lo sbaglio che aveva fatto.
«Mi ci lasciassi ragionare stanotti, domani ci dico come la penso».
L'indomani mattina, bastò che si taliassero negli occhi senza raprire bocca: il marchese capì d'avere avuto il permesso.

Quattro

Solo la vendemmia, a settembre, portò rumore e agitazione alle Zubbie. Di primissima matina arrivavano frotte di femmine vocianti che una ventina di carretti avevano raccolto alle porte di Vigàta, e attaccavano subito a travagliare. Ogni femmina si pigliava un filare e, accosciata, con un coltello, tagliava i grappi che metteva in una coffa di saggina. Quando la coffa era piena, l'andava a scaricare dentro una gistra di canna e quando la gistra era stracolma, se la carricava sulle spalle e la svotava sopra un carretto con le sponde isate. A sua volta il carretto, una volta pieno, pigliava la strada di contrada Durrueli, dove il marchese teneva palmenti, torchi, botti e dispense, e poi tornava darreri di corsa. Nella capace cucina, Trisìna e Maddalena – richiamata per l'occasione – preparavano la calatina, il companatico per quelli che alla vigna travagliavano: un giorno macco, che era una densa passata di farina di fave, e un giorno caponatina, che era invece fatta di chiapparina, accie, cipolle, olive, messe a cuocere con tanticchia di sugo di pomodoro condito con l'aceto. A mezzogiorno preciso Natale sonava il friscaletto, le femmine si fermavano di travagliare, s'arrizzulavano verso lo spiazzo dove il calderone era posato in centro. Maddalena serviva le femmine che le passavano davanti una ad una proiendo la ciotola. Mangiavano, cantavano, parlavano e sparlavano, si rinfacciavano sgarberie e poi, dopo mezz'ora, tutte di corsa al vigneto per starci fi-

no a quando il sole stava per tramontare. Pirrotta si faceva un'altra friscata, le femmine saltavano sopra i carretti gocciolanti succo di racina e se ne tornavano a Vigàta.
Il marchese se la scialava. Passiava avanti e darreri per i filari ascoltando quello che le femmine ad alta voce si dicevano, gli piacevano le strucciulerìe, le vastasate, le mezze parole che erano assai più chiare di parole intere. Una volta si abbuscò una coltellata di striscio a una mano perché si era intromesso in una sciarra fra due che si erano affrontate armi alla mano. Trisìna gli sucò il sangue e poi gli avvolse la mano con un pezzo della sua camicia da notte nuova e il marchese, invece di arrabbiarsi, se ne stette di umore allegro per il resto della giornata.
All'ultimo giorno di lavoro c'era una tradizione che andava rispettata: un centinaio di gistre piene venne portato darreri la casina, dove c'era un piccolo palmento e, attaccato, un magazzino con la vasca di fermentazione e una picca di botti. Era la personale riserva di vino del camperi. Fatto quest'ultimo travaglio, le femmine si pigliarono la paga da Natale e se ne tornarono in paese salutando don Filippo: se Dio concedeva vita e salute, si sarebbero rivisti alla prossima vendemmia. Magari Maddalena se ne partì con loro: al marchese, ora che le cose con Pirrotta erano sistemate, non faceva piacere averla in mezzo ai santissimi.
L'indomani don Filippo si susì tardi e non sentì Trisìna per casa. Uscì, girò dietro la casina e andò al palmento. Davanti alla porta c'era Trisìna che aveva il compito di scaricare le gistre quando ce n'era di bisogno, dentro invece stava travagliando Natale. Il palmento era una camera con una finestrella; il pavimento, inclinato, era di cemento. Lungo il lato più

basso del pavimento c'era uno scolo che portava a un pertuso dentro il quale si perdeva il succo di racina. Il pertuso a sua volta dava sopra la vasca di fermentazione che era nel magazzino allato. A un angolo del palmento c'era un torchio a martelletti, che serviva a dare l'ultima spremitura. Quando il marchese arrivò, il pavimento non si vedeva, era completamente coperto di racina. Nudo, fatta eccezione di un pezzo di pezza annodato ai fianchi e che serviva ad ammucciare le vrigogne, con ai piedi un paro di scarpe ferrate, Pirrotta pistiàva, firriando torno torno le pareti del palmento e battendo forte i piedi per terra. Teneva gli occhi mezzi chiusi.
«Voscenza mi deve scusare. Ma è dalle sette albe che travaglio e mi sento stanco e tanticchia imbriaco. Il sciàuro della racina è tanto forte che è come se uno si vivissi cinque litri di vino».
Magari Trisìna non si fermava un momento. Puliziava la retina fitta del pertuso che impediva lo scorrere di altre cose, scorcie, simenza, parti dure dei grappi, dentro la vasca di fermentazione; spalava e rivotava la racina dentro il palmento in modo che Natale potesse pestarla meglio; arrunchiava in un angolo quello che era stato bono pistiato per passarlo dopo al torchio, e di tanto in tanto svacantava gistre nuove.
Il marchese se ne andò a passiare. Tornò a mezzogiorno per mangiare, Trisìna aveva già preparato tutto.
«Natale è ancora al palmento?».
«Nonsi, cillenza. Non si sente bonu. Ci fa mali la testa».
«Allora, più tardi, dopo che mi sono fatto una pinnica, ci diamo una mano noi due, a Natale».
Verso le tre del dopopranzo, il marchese andò al palmento, si spogliò restando solo in mutande, si mise

le scarpe ferrate di Natale e cominciò a pistiàre, aiutato da Trisìna.
«Trisì, mi sta firriando la testa» disse dopo due ore di travaglio.
«È u sciàuro della racina» disse Trisìna. «Ora vegnu pure io a daricci mano».
Sotto gli occhi annebbiati del marchese, si spogliò nuda, gettando i vestiti fuori dalla porta, e gli si mise alle spalle ridendo, spingendolo per la schiena, incitandolo.
A un tratto il marchese non ce la fece più e scivolò, dando una gran culata per terra. Trisìna principiò a ridere, prima adagio e poi sempre più forte, la testa gettata all'indietro e d'in mezzo alle sue cosce spalancate partì un lungo zampillo che fece scumazza sul succo della racina.
«Ma che fai?».
«Sto pisciando, cillenza. Tutti lo fanno quando pistìano. Pensano che il vino viene meglio».
Lo disse sempre ridendo, articolava le parole con difficoltà. Cominciò a scivolare e, per non sbattere la faccia per terra, si addossò a una parete. Finì di colpo di ridere, taliando di sotto le palpebre abbassate il marchese, la bocca aperta a metà.
«Vinissi ccà, cillenza».
Il marchese balzò su di lei, con il corpo leggermente piegato sulle gambe e principiò a ficcarla. Trisìna quando se lo sentì dentro fece un lamento e spiccò un salto, afferrandosi con i polpacci ai fianchi del marchese. Il quale, sentendosi rompere la schiena, si ricordò di colpo di un proverbio di suo padre:
«Fùttiri addritta e camminari na rina, portanu l'omu a la rovina».
Sulla sabbia aveva camminato e sapeva quanto era faticoso, ora, ficcando all'inpiedi, stava sperimentando

l'intera verità del detto. Ma la cosa durò poco, perché Trisìna smontò, lasciando in tredici il marchese.
«Facemulu accussì, cillenza».
Si voltò, si piegò, appoggiando la testa al muro e sostenendosi con le mani. Subito don Filippo riattaccò, ancorandosi saldamente ai fianchi di lei data la scivolosità del pavimento. Trisìna principiò a fare voci che mai aveva fatto prima, pareva una cani vastoniata. Quelle voci e i colpi che lei dava con la testa contro il muro senza curarsi di farsi male, incaniarono il marchese.
Sudato, morto di stanchezza, don Filippo s'abbatté su Trisìna la quale, non reggendo il peso, cadde a facciabbocconi con il marchese sempre sopra. Restarono così, a cercare di pigliare aria, mezzi annegati nel succo di racina.

«Dov'è Natale?» spiò la sera il marchese mentre stavano mangiando.
«Se la fotte lui» rispose Trisìna. «Se ne sarà ito timpe timpe. Voscenza lo sa, com'è fatto».
Ma il marchese non si persuase. Si alzò, uscì e andò nella camera di Natale. La porta era aperta, trasì. Natale stava sul letto e parlava, gli occhi sgriddrati: diceva che aveva visto il sole cadere nel pozzo e ne era uscito un serpente lungo cinque metri. Disse altre cose stramme, che Trisìna non era una fimmina ma solo uno sticchio con due braccia e due gambe. Don Filippo gli posò una mano sulla fronte e a momenti s'abbruciò. Corse a chiamare Trisìna.
«Ci trasì il sole in testa» disse la femmina. «Bisogna fari veniri donna Gnazia. Ci vado io».
«Tu, a quest'ora di notte, non vai da nessuna parte. Spiegami dove abita donna Gnazia».
Il marchese non era pratico dei suoi possedimenti e

per trovare dove stava donna Gnazia ci mise due volte tanto.
Tornò che già faceva matino, a cavallo, con una vecchia di cent'anni che lo seguiva sopra uno scecco. Con tutta calma, la vecchia legò l'asino, addumannò un cicarone di latte quadiato, se lo bevve, e andò a visitare Pirrotta. Le bastò un'occhiata per confermare la diagnosi di Trisìna. Da un sacco che si era portato appresso, tirò fuori una certa quantità di erbe che mise a bollire dentro una pignata. Poi raccolse il liquido passato attraverso uno scolatore, ne riempì un cato e ci mise a bagno i piedi di Pirrotta che stava assittato sopra una seggia. La vecchia pigliò un piatto funnuto e lo colmò d'acqua. Dentro ci versò quattro o cinque gocce d'olio che formarono un'unica macchia gialla, posò il piatto sopra la testa di Natale tenendolo con una mano, chiuse gli occhi, e si mise a dire parole mammaluchigne. A un certo momento, sotto lo sguardo del marchese che taliava affatato la scena, la macchia d'olio esplose, si ruppe in tante piccole macchioline che si disposero in tondo lungo il bordo del piatto.
«È fatto» disse la vecchia. «Riniscì».
Fu così che venne levato il sole dalla testa di Pirrotta.
Un'ora dopo il campiere stava come se niente fosse stato.
«Ringrazio voscenza per tutta l'adenzia» disse Pirrotta.
«Non l'ho fatto per te, Pirrò, ma per me. Se tu mi muori prima che mi nasca il figlio, che minchia ci conto alla gente? Che hai imprenato Trisìna col tavolino a tre gambe?».

Una notte, una delle ultime di ottobre, Trisìna trasì nel letto del marchese, e rideva più del solito.

«Ma che hai? Ridi come una babba».
«Mi veni di fare accussì, cillenza».
«E cerca di non farlo. Lo sai che se ti metti a ridere io non ce la faccio, m'ammoscia».
Trisìna cominciò a pensare a cose che l'avevano fatta chiangere, come quella volta che aveva otto anni e sua madre se l'era scordata chiusa dentro un cammarino o quell'altra volta che s'era strazzata un vestito novo novo per colpa di una troffa di spinasanta.
Quando la vide tornata seria, don Filippo le montò sopra.
«No accussì no» fece Trisìna. «Mi scantu ca mi fa male».
«E perché deve farti male? L'hai fatto cento volte così».
«Ma ora è diverso, cillenza. U sapi? Voscenza mi mise prena, quel giorno al palmento».
Don Filippo non disse niente. Scese dal letto tanticchia variando a dritta e a mancina, arrivò fino alla finestra, aprì le persiane e svenne, cadendo a terra come un sacco di patate.

L'indomani mattina si precipitò a Vigàta, e aveva cantato a gola piena per tutta la strada, tanto che quando dovette mettersi a parlare con la gente la voce non gli uscì. Spiegò che gli era venuta una frussione, aveva pigliato fresco alle Zubbie. La prima visita la fece dalla mammana, la signora Schilirò, e combinò con lei che la domenica che arrivava sarebbe andata alle Zubbie per visitare Trisìna con una carrozza guidata da Mimì. La seconda visita la fece alla farmacia.
«Aspetto un figlio» disse a Fofò.
«Complimenti» fece il farmacista taliandolo. «Non si vede».

«Non babbiare, Fofò. Tu domenica che viene ti metti in carrozza con la mammana e visitate la moglie di Natale Pirrotta».

«Mi scusi, marchese, ma perché non lo domanda al dottore Smecca? Lui è più pratico, ne capisce meglio».

«Di Smecca non mi fido».

E non era vero, di Smecca si fidava eccome, ma ora non poteva scordarsi di quello che gli aveva contato Pirrotta, e cioè che il medico ci aveva inzuppato il viscotto con Trisìna. Anzi, che fosse stato il primo.

«D'accordo» fece il farmacista. «È già stato a casa sua, marchese?».

«Non ho avuto tempo».

«Sua figlia è stata malata. L'ho curata io».

All'idea di vedere 'Ntontò tutta vestita di nivuro, don Filippo non sentì di essere ancora pronto per l'incontro.

«Buona salute a tutti» fece entrando al circolo. «Ci sono novità?».

Passato il subisso di saluti, esclamazioni di contentezza e abbracci, il barone Uccello informò l'amico dell'unica novità successa, a parte l'elencazione compunta e primaria di una sfilza di morti.

«Il farmacista è stato incignato» fece il barone.

«Come incignato?».

«Si ricorda che una volta al circolo ne parlammo? Bene, da allora e fino a una simana fa la situazione di Fofò La Matina era sempre la stessa: femmine nibba».

«Ma ne siete sicuri?».

«La mano sul fuoco. Né a Vigàta né al capoluogo».

«Ma come ha fatto a téniri?».

«Perché, i parrini non lo fanno?» s'intromise il geometra Fede che era chiesastrico.

«Per carità, non parlatemi di parrini» fece il barone, e continuò. «Dunque, la signora Clelia, sabato passato, sapendo dalla criata che il farmacista non avrebbe aperto perché doveva travagliare con certe erbe, si parò e andò a tuppiargli. Fofò raprì e se la trovò davanti. Cercò di non farla trasiri ma non ci fu verso, la signora sosteneva che aveva urgente bisogno di visita. Per fargliela breve, una volta che si mise, diciamo così, in tenuta di lavoro, la signora Clelia non perse tempo, allungò una mano e agguantò. L'altro diventò di marmo, non si cataminava. Incoraggiata, la signora gli aprì pantaloni e brache e mise l'oggetto allo scoperto. Fu allora che il farmacista stimpagnò».

«Non ho capito l'ultima parola» fece il tenente Baldovino.

«Stimpagnò, carissimo» spiegò il marchese. «Fece come quando salta il tappo a una botte troppo piena».

«Dopo, nelle due ore che vennero, il farmacista servì la signora a tinchité. Quando nescì dalla farmacia dicono che la signora Clelia aveva l'aria d'una gatta con la panza piena, faceva ron ron strada strada».

Il marchese era destinato a sentire parlare del farmacista per tutta la giornata. Continuò 'Ntontò, dopo gli amici del circolo, dicendogli come Fofò La Matina l'avesse curata con devozione e bravura da una influenza che voleva diventare purmonìa e senza domandare un soldo.

«Ma io il debito me lo sono levato lo stesso».

Il marchese taliò la figlia.

«L'hai fatto stimpagnare magari tu?».

«Non ho capito» fece 'Ntontò con la faccia a pun-

to interrogativo. «Gli ho mandato con Mimì due damigiane di vino buono».
Il marchese continuava a taliarla e la trovava ancora più bella di come l'aveva lasciata, un poco insecchita e pallida per la malattia avuta.
«Quando te lo levi, il lutto?».
«Ci vogliono tre anni».
«E se nel frattempo muoio io?».
«Ma che andate dicendo!».
«E che lutto pigli, se muoio? L'hanno pigliato gli altri, magari il lutto mio! Sei tutta bardata di nìvuro, sopra e sotto!».
Stava gridando, e non capiva la ragione di quella rabbia che l'aveva afferrato. 'Ntontò se ne scappò in lacrime, il marchese le corse per un pezzo dietro: «Pittati il culo di nìvuro, se muoio io! Così pigli il lutto speciale per me!».

Aveva finito di fare la pinnica che arrivò Mimì.
«C'è u sagristano, cillenza. Ci voli parlari da parte do parrino Macaluso».
Il marchese si vestì di malavoglia e andò nell'anticamera.
«Voscenzabinidica» fece il sagrestano.
«E quante benedizioni vuoi tirare? A te ci pensa già u parrino. Che c'è?».
«Dice così u parrino che, quando fa comido a voscenza, veni a fare un sautu in chiesa».
«E perché dovrei mettermi a saltare in chiesa? Dite a padre Macaluso che venga lui a saltare da me».
Dopo tre o quattro corse avanti e darreri del sagrestano arrivarono finalmente a un accordo: si sarebbero trovati alle sei in punto in piazza, fra la chiesa e il circolo. Naturalmente non si salutarono.

«Voglio parlare di sua figlia» fece padre Macaluso trasendo subito nella questione.
«E perché ne devo parlare con lei?».
«Perché sono un parrino e devo avere cura delle anime dei miei parrocciani».
«E io dovrei discutere sull'anima di 'Ntontò?».
«Marchese, per amore di Gesù, non mi faccia venire la mosca al naso, lo sa che io perdo facile la pacenza e capace che mi metto a pisciare fuori dall'orinale».
«Se lei si mette a pisciare fuori dall'orinale, sappia che io sono capace di cacarci, fuori».
«Lo so. Ed è per questo che le sto facendo la proposta di partire, tutti e due, col piede giusto. Va bene?».
«Va bene».
«Mi vuole spiegare che vita fa la povera marchesina sua figlia? Chiusa in casa per il lutto stretto, esce solo il sabato per venirsi a confessare e la domenica matina per venire a comunicarsi, poi esce a Natale, a Pasqua, per la festa del Santo Patrono e il due di novembre per andare al camposanto».
«Mi pare che di svago ce n'ha, le basta e superchia. Che vuole, magari la banda?».
Padre Macaluso si tenne a fatica.
«E inoltre lei non è certo un buon padre».
«E siamo tornati a tredici! Che cazzo c'entro io?».
«C'entra, minchia!» fece il parrino cominciando ad alterarsi. «Lei a casa non ci sta mai, sta dove sappiamo tutti e dove, me l'hanno riferito questa matina, nascerà il frutto della colpa. Ma non si affronta?».
«No, non mi affronto, non ho vrigogna. Seguo la natura».
«E allora la lasci seguire magari a sua figlia, la natura, e in un modo più onesto».

«Che sarebbe?».
«Maritarla».
Il marchese si calmò di colpo, l'idea di sbarazzarsi di 'Ntontò e avere così via libera per portarsi in casa Trisìna non poteva che fargli piacere.
«Non si è mai voluta maritare. E dire che di boni partiti ne ha avuti tanti».
«Ma ora sarebbe facile farla persuasa. È restata praticamente sola».
«Lei ha qualcuno in mente?».
«Sì» disse il parrino ed esitò.
«E facciamolo, questo nome».
«Fofò La Matina. È un galantuomo, non ha vizi, non beve, non fuma, non gioca».
«E ogni tanto stimpagna».
«Che vuole dire?».
«Niente» fece il marchese. E ripigliò dopo una pausa: «Di chi è stata questa bella pensata? Sua, di 'Ntontò e del farmacista messi assieme?».
«Sua figlia e il farmacista non ne sanno niente. Ci abbiamo ragionato sopra io e quella cara persona della signora Colajanni».
«Posso dire una cosa?».
«Certo».
«Se la vada a pigliare in quel posto lei e la cara persona».
Padre Macaluso aveva fatto voto, sull'altare maggiore, di non attaccare turilla col marchese.
«Ma mi vuole almeno spiegare che cos'ha contro il farmacista?».
«Io non ho niente contro di lui. Tra l'altro, è una persona che stimo assai. Ma non è manco di rango civile, suo padre travagliava la terra per conto del mio. E lei vuole che io dia mia figlia al figlio di un piede incretato? Taliasse, io quello che lei m'ha

detto, l'ho già scordato. Mi porti un partito all'altezza di mia figlia, e ne parliamo».
«Perché, secondo lei, io dovrei ora mettermi a fare la ruffiana?».
«E che le costa? Tanto la gonna ce l'ha già».
Si pigliarono a male parole.

Quindici giorni prima che nascesse il figlio a Trisìna don Filippo venne afferrato dalla smania. Non stava un momento fermo, passiava in casa per longo e per largo, la notte non ci riusciva a chiudere occhio. Rispondeva sgarbato a tutti, non c'era niente che funzionasse secondo il suo intendimento. Una matina che stava taliando il suo possedimento dalla finestra si mise a fare voci che i filari erano tutti storti e che bisognava darci riparo, un'altra volta stette a santiare una giornata intera perché il gallo non cantava sempre a un'ora precisa ma secondo come gli faceva comodo. Questa storia del gallo fu seria.
«Io gli devo parlare, a questa minchia di gallo» disse a Natale «m'arrisviglia quando non deve, e quando invece deve, se ne fotte altamente».
«Ci issi a parlari» rispose Pirrotta rassegnato.
Il colloquio tra il marchese e il gallo avvenne senza che gli altri ne venissero a conoscenza. Capirono però che il gallo non si era voluto smuovere dal suo intendimento di fare di testa sua dal fatto che lo trovarono col collo tirato. Una simana avanti la data prevista, il marchese fece un salto a Vigàta e si portò appresso Mimì con la carrozza, un garzone con lo scappacavallo e la mammana che era stata pagata a peso d'oro. I picciliddi del paese, quelli che vennero al mondo nella simana di assenza della levatrice, dovettero arrabbattarsi a nascere da soli.
Fofò La Matina fece solenne promessa che entro tre

giorni sarebbe arrivato alle Zubbie. La casina si trasformò in una specie di accampamento: il marchese dormiva nella sua camera, il farmacista in quella fabbricata per Natale, Maddalena - richiamata perché non si sa mai - nel palmento, Mimì e il garzone nella stalla, Trisìna e la mammana nella camera matrimoniale, Natale in un pagliaro nel vigneto ma a portata di chiamata.

Quando Trisìna si mise a fare voci che le si erano rotte le acque, la moltitudine accorse al capezzale della sgravante. Solo Natale e il marchese se ne scapparono dalla casina e andarono ad assittarsi sulla pietra del pozzo. Cimiavano avanti e indietro, come alberi sbattuti dal vento. E non si capì se fu gesto d'affetto o misura precauzionale se il marchese passò un braccio attorno alle spalle di Natale. Ci fu un trappestio di gente che andava e veniva con acqua bollita e pezze pulite, mentre Trisìna gridava che la stavano spaccando. Poi si levò un silenzio misterioso, tale da non fare tirare più il fiato ai due uomini abbracciati. Durò un'eternità. Pirrotta taliava una formicola che si arrampicava sulla pietra, don Filippo un grillo che si lisciava. Da quella sorta di intontimento li svegliò la voce della mammana, inquadrata nella finestra, che teneva con una mano una specie di coniglio scannato a testa sotto e diceva, contenta:
«Venite! è nato! È mascolo!».
Sorreggendosi a vicenda, le gambe tagliate, i due uomini si alzarono.

Il giorno appresso alla nascita, il marchese volle accompagnare in paese Fofò La Matina con lo scappacavallo. E fu il farmacista a rompere il silenzio dopo un pezzo che viaggiavano.

«Lei mi scuserà, marchese, ma io sento il dovere di dirle una cosa».
«Spariamo» disse don Filippo che era di buonumore. «Lei tanto picciotto non è più. E mangia molto. Ed è troppo rosso in faccia. Dovrebbe pensarci».
«E che devo fare?».
«Io farei un'applicazione preventiva di sanguette».
«Fofò, a me il sangue piace farmelo sucare in altro modo».
«Ma certe volte, quando ha mangiato assai, non sente bruciore alla bocca dello stomaco?».
«Bruciore? Un fuoco! Certe notti Trisìna le passa a farmi decalitri di acqua e addauro».
«Acqua e alloro sono un palliativo. Se mi consente, le preparo una decina di pastiglie. Se passa dalla farmacia oggi dopopranzo le troverà pronte. Se ne piglia una dopo il pasto, se ha mangiato abbondante».
Lasciato Fofò a Vigàta, il marchese proseguì per il capoluogo e si presentò a casa del notaio Scimè.
«Ti sei deciso a fare testamento?» spiò il notaro che gli era amico da tempo.
Il marchese si toccò teatralmente i cabasisi.
«Scimè, lo sai. Sono persuaso che se faccio testamento, due giorni dopo sono al camposanto. No, sono venuto perché voglio fare subito una donazione, tutte le Zubbie a un piccilìddo che nascì ieri. E poi me lo voglio adottare».
«Per la donazione non c'è problema. L'adozione è una cosa più complicata. Comincio domani stesso le pratiche. Ma levami una curiosità: chi è il piccilìddo?».
«Il figlio della mogliere di un mio campiere».
«D'accordo, ma tu che ci trasi?».
«Ci trasu, Scimè. Come ci trasì lo spirito santo».
Scese a Vigàta, andò a cercare il ragioniere Papìa, se

lo portò a mangiare alla locanda per parlare intanto di facenne d'interessi. A casa, da 'Ntontò, non si fece vedere.

A una certa ora passò dalla farmacia, ritirò la scatolina con le pillole e se ne tornò alle Zubbie.

Pasta al ragù con pezzi di sasizza, capretto al forno con patate e un vino strammo che s'era fatto portare da Mimì e che Trisìna e Natale non avevano mai visto: il tappo, quando nisciva, faceva un botto che pareva una fucilata. Era ingannoso: si scolava che era acqua, ma dopo una picca girava la testa. Questo fu il pranzo che il marchese volle per festeggiare il primo mese di vita del piccilìddo. Finito di mangiare, don Filippo disse che si sentiva tanticchia di peso allo stomaco.

«Voscenza voli ca ci vaiu a pigliari i pìnnuli?» domandò Trisìna.

«No, Trisì. Vado a stendermi sul letto. Se m'addummiscio, svegliami verso le quattro».

Portò con sé nella sua camera un bicchiere d'acqua, pigliò una pillola dalla scatolina di cartone che teneva sul comodino, l'inghiottì e si stese sul letto. Alle quattro, all'ora che Trisìna l'andò ad arrisbigliare, lo trovò morto.

Non c'era ancora luce quando Mimì raprì gli occhi di colpo sentendo dare pugni e càvuci al portone e una voce che chiamava disperata. S'arruzzolò ad aprire e si trovò di fronte Natale Pirrotta, pallido, che tremava come per la terzana.

«Che fu?».

«Il marchese... aieri a sera, dopo mangiato... niscì per fare quattro passi... e da allora non l'abbiamo più visto... l'aiu circatu... nun lo trovu».

Mimì reagì con rapida decisione. Spedì Natale ad avvisare il delegato Portera e lui stesso, così come si trovava, si incaricò di gettare giù dal letto il farmacista.

Fu verso mezzogiorno che uno degli uomini di Portera, che si era spinto fino al Vaso di Failla, un posto desolato, uno sdirrupo funnuto a forma d'imbuto cosparso di balate di pietra e di argilla trita, insidiosa, con qualche rara troffa di saggina, sparò un colpo in aria per avvertire gli altri che avevano pigliato varie direzioni. Il corpo senza vita del marchese stava in fondo allo sdirrupo. Portera, quando arrivò sul posto, fece arrassare tutti di qualche passo e si mise a leggere quello che il terreno portava scritto. Poi chiamò gli altri.
«Il marchese è scivolato da qui, vedono la strisciata proprio all'orlo? Il terreno è sciddicuso di natura, figuriamoci dopo i tre giorni di piovuta che ha fatto. Il povero don Filippo ha tentato di fermare la caduta, vedono quella troffa di saggina scippata? Non ce l'ha fatta e ha continuato a scivolare. Poi deve avere pigliato velocità, si deve essere rotto l'osso del collo e alla fine della corsa ha magari battuto la testa su una pietra».
«Perché pensa che era già morto quando ha battuto la testa?» disse Fofò La Matina.
«Perché sulla pietra sangue se ne vede picca. Ad ogni modo, ne sapremo di più quando recuperiamo il cadavere. Ma io mi domando e dico: perché si è spinto tanto lontano da casa e in un posto così pericoloso?».
«U marchisi, mischinu, non ci stava più tanto con la testa» fece Pirrotta.
«Ah, sì?».

«Sì» intervenne il farmacista. «Giorni addietro Pirrotta mi ha contato che il marchese tirò il collo a un gallo perché quello non cantava a intervalli regolari».
Poi si rivolse direttamente a Natale.
«Ieri il marchese ha mangiato molto?».
«Glielo avevo detto, l'avevo avvertito di non mangiare tanto. Deve essere stato un mancamento, un giramento di testa a provocare la caduta».
«E ora» concluse Portera «armiamoci di pacienza e leviamolo da dove sta».
«Posso fare una domanda?» disse Fofò.
«Liberissimo».
«Chi s'incarica d'avvertire la figlia?».
Si fece silenzio, nessuno aveva il coraggio.
«Allora, visto e considerato, me ne incarico io» fece il farmacista. «E me ne vado subito, devo prepararla prima che arrivi suo padre morto».

Portera era sbirro nato. Sentiva che nella facenna c'era qualche cosa che non quatrava e non riusciva a capirne la ragione.
Quando il cadavere venne recuperato lo spedì a Vigàta con Mimì e liquidò magari i suoi uomini. Si affiancò col suo cavallo alla mula di Pirrotta:
«Voglio vedere la camera dove dormiva il marchese».
La prima cosa che notò, trasendo nella camera, fu che sopra il comodino c'erano un portafoglio, un sacchetto e una scatolina di cartone. L'orologio d'oro l'avevano trovato nella sacchetta del gilecco del morto e funzionava ancora, solo la catena si era spezzata. Il portafoglio era pieno di soldi e il sacchetto lo era altrettanto di monete. Dentro la scatolina c'erano quattro pillole bianche.
«Lo sapete che sono?» spiò a Trisìna che stava allattando il piccilliddo.

«Sissi. Pìnnuli ca u farmacista desi a cillenza. Ci facevanu beni pi u brusciuri di stomacu».
«Portafoglio, sacchetto e scatola me li porto io».
«Comu voli voscenza» fece Pirrotta.
Il delegato si assittò, si versò un bicchiere di vino senza domandare permesso e attaccò.
«Di chi è il picciliddo?».
«Comu di chi è? Mio» rispose Pirrotta.
«Perché il marchese se ne stava qua invece che a casa sua?».
«Questo non lo deve spiare a noi. Forsi picchì da noi, doppu la morti do figliu, truvava confortu».
«E a casa sua, no?».
«Pari di no. E truvava tanto confortu ca intestò tutto il terreno delle Zubbie a nostro figlio».
Per il delegato la cosa, la rivelazione, fu come una botta allo stomaco: veniva a cadere il movente di un possibile omicidio. Pirrotta non ebbe pietà di lui.
«E poi se lo voleva adottare. E io e Trisìna eravamo d'accordo. E si non ci cridi, può spiare al notaro Scimè».
«Così, con la morte del marchese, l'adozione non si farà più».
«Nonsi, non si fa più».
«Pi nuautri a bonarma do marchisi avissi dovuto campari cent'anni!» fece Trisìna sbottando a piangere.

Aspettarono che il galoppo del cavallo di Portera si fosse allontanato per principiare a parlare. Il picciliddo era stato messo a dormire, e cose da dire ne avevano tante.
«Avevi ragione tu» disse Trisìna.
«Certo» fece Pirrotta. «Se ce lo trovavano morto in casa, ci spedivano dritti al carcere di San Vito. La

liggi è sempre di la parti de' nobili. 'Sauta un torzolu e va in culu all'ortolano', dice u pruverbiu».
Di colpo, Trisìna sentì un lampo di càvudo nella sua natura, una fitta di desiderio che le anticipava di una decina di giorni il capoparto.
«Oh, Natali, o Natali me', Natali di lu me cori!».
Gli saltò sulle ginocchia, pigliò a baciarlo sul collo.
E questa volta Pirrotta se la tenne stretta.

«Che sono le pìnnole che stanno qua dentro?» domandò il delegato posando la scatolina sul banco del farmacista.
«Dove le ha trovate?».
«Sul comodino del marchese, alle Zubbie».
Fofò La Matina aprì e taliò, dentro c'erano quattro pillole.
«Queste le ho fatte io per il marchese, servivano ad alleviargli il bruciore di stomaco».
«Quante ce n'erano?».
«Dieci».
«È sicuro di non essersi sbagliato?».
«Sul numero?».
«No sul numero. Su quello che lei gli ha preparato».
Il farmacista fece la faccia dura.
«Io non ho mai sbagliato. E se lei ha qualche dubbio, mandi le pillole dove crede e faccia fare l'analisi».
«Ma non mi passa manco per l'anticamera del cervello!» fece il delegato intascando la scatolina.
(E invece per il cervello gli era passato, tanto da spedire le pìnnole a Palermo e ricevere dopo un mese risposta negativa: si trattava di bicarbonato ed estratti di erbe digestive).

La veglia si svolse secondo un preciso rituale, del resto collaudato dalla caterva di morti di casa Peluso.

Sul suo letto stava il marchese, una fascia bianca attorno alla fronte per ammucciargli la ferita. Pareva che si stava facendo un sogno e questo sogno doveva essere bello, a giudicare dalla bocca atteggiata a sorriso. Padre Macaluso aveva ottenuto che un rosario gli venisse arravogliato attorno alle mani, ma, non si sa come e perché, il rosario ogni tanto si scioglieva e cadeva sul letto.
Le femmine erano assittate torno torno alle pareti e pregavano. Gli òmini invece, dopo avere fatto omaggio al morto, si ritiravano nel salone dove parlavano e fumavano.
Mimì e Peppinella facevano di tanto in tanto il giro, offrendo ai dolenti rosoli e pasticcini per alzare loro il morale.
Fu a mezzo pomeriggio che 'Ntontò, che non aveva aperto bocca e aveva gli occhi asciutti ma spiritati, si susì senza dire niente a nessuno e niscì dalla camera.
Passò un quarto d'ora, passò mezz'ora e la signora Colajanni, non vedendola tornare, dopo una taliata d'intisa con le altre femmine, andò a cercarla. Nel salone, con gli òmini, non c'era. Andò in cucina, dove Peppinella e Mimì stavano mettendo altri pasticcini sui tabarè.
«È da mezz'ora che 'Ntontò non si vede» disse.
Peppinella si allarmò subito e si precipitò nella camera della marchesina: non c'era, e non era manco nel cammarino del commodo. La voce che 'Ntontò era scomparsa si sparse subito fra i condolenti che si misero a cercarla.
Il barone Uccello venne attanagliato da un dubbio che espresse ad alta voce:
«E se vuole fare come suo nonno?».
I mascoli uscirono dal palazzo e si sparpagliarono chi nel paese chi nelle strade che portavano alla marina.

Poi, non trovando tracce di 'Ntontò, se ne tornarono nelle loro case perché era venuta l'ora di mettersi a mangiare. Magari le femmine, fattasi l'ultima croce davanti al morto che via via che passavano le ore pareva ridesse sempre di più, si congedarono da Mimì e da Peppinella in lacrime. Nel palazzo restarono solo padre Macaluso che santiava dicendo le preghiere perché non aveva nessuno a rispondergli, dato che il sagrestano aveva approfittato della fuitina generale, e il farmacista.
«Calma, ora la troviamo» fece Fofò La Matina quando tutti se ne furono andati. Assegnò le zone di ricerca. Lui se ne acchianò al tetto morto, Mimì restò a taliare meglio dentro le camere visitate prima, Peppinella venne assegnata alle stalle, al magazzino e alla dispensa che erano al pianoterra del palazzo. Dopo una picca che Fofò rapriva vecchi armuar e baulli, sentì la voce di Peppinella che lo chiamava: «Scinnissi nni la dispenza! È ccà!».
Il farmacista si precipitò. Nella dispensa, tranquilla, 'Ntontò, le vesti annodate attorno alla vita e le mutande calate, si stava pittando il culo con la vernice nera.

Cinque

Non passarono manco due giorni dal seppellimento del marchese che la signora Colajanni principiò a insunsuniare padre Macaluso.

«Ma ci pare cosa giusta? Non grida minnitta davanti a Dio che il figlio del peccato si deve godere la vigna delle Zubbie? E che quella gran buttana e quel gran cornuto e ruffiano del marito se la devono scialare dopo avere ammazzato il povero don Filippo?».

«Ammazzato? Ma il delegato ha detto che la morte è avvenuta perché il marchese sciddicò nello sdirrupo».

«Sì, ma perché sciddicò?».

«E che ne saccio? Perché mise un piede in fallo».

«Nonsi, il farmacista è stato come un libro stampato, su questo punto. Ha detto che il marchese prima si sentì male, ebbe, non so, un mancamento, e poi precipitò».

«E con questo?».

«Mi faccio maraviglia di vossia. Ebbe il mancamento, il giramento di testa, per come l'aveva ridotto la buttana».

«La buttana, come dice lei e mi dispiace difenderla, non fece altro che quello che voleva il marchese. E poi, mi scusi, che beneficio ne avevano dalla morte di don Filippo? Campando, il marchese li avrebbe arricchiti di più».

«Eh no, quelli hanno ragionato con la testa di viddani. Hanno detto che era meglio l'uovo oggi, e cioè le Zubbie, che la gallina domani».

E dai e dai, padre Macaluso una notte venne alla sua decisione, non per parare un'ingiustizia ma per farne una lui: intervenendo, si sarebbe pigliato la rivincita di tutte le male parti che il marchese gli aveva fatto.

Per prima cosa, andò dal ragioniere Papìa che era uomo specchiato. Papìa confermò la donazione ma fece magari presente che i possedimenti del marchese erano tanti e tali che perdere le Zubbie era come levare una goccia da un mezzo litro di vino. E la sua parola era vangelo: era stato l'amministratore di don Filippo e continuava a esserlo perché la marchesina 'Ntontò gli aveva confermato la fiducia. Padre Macaluso non se ne dette inteso e si apprisintò nello studio del notaro Scimè.

«Non capisco a che titolo lei mi domandi queste informazioni» fece freddo freddo il notaro.

«A titolo di cittadino e di parrino» disse fieramente padre Macaluso.

«Titoli che qua dentro valgono quanto una cacata di vacca. Ad ogni modo, per levare questioni, le dico che è vero il fatto della donazione. E che l'erede, la marchesina, se vuole, ha ancora trenta giorni per ricorrere. Ma che si scelga un bravo avvocato».

«Non è che ci vengono sorprese dal testamento?».

«Quale testamento? Le parlo nella sua lingua: era più facile convincere un cammello a quella minchiata che dicono nel vangelo che persuadere la bonarma al testamento».

Fatto trenta, padre Macaluso stabilì di fare trentuno e andò a trovare l'avvocato Cassar, un luminare.

«La cosa si può tentare» fece l'avvocato «ma servono argomenti più sostanziosi per dimostrare l'incapacità d'intendere».

«Ma come?! Ammazzare un gallo perché non fa

quello che gli viene domandato o fare voci perché i filari sono storti, non sono cose di pazzi?».
«Non necessariamente. A me, tanto per fare un esempio, i filari mi piacciono belli dritti. E mia madre piglia a parolazze e a càvuci le seggie se non stanno dove dice lei. E sino a prova contraria, siamo sani di mente. Ma lasci fare a me. È necessario però, prima di tutto, che la marchesina dia il suo consenso: è lei l'erede di tutto».
Quando padre Macaluso, stavolta accompagnato dalla signora Colajanni, ne andò a parlare alla marchesina, questa fece una domanda precisa.
«Ma perché mio padre era tanto attaccato a questo piccilìddo?».
Con vero spavento, padre Macaluso si fece convinto che 'Ntontò non sapeva niente, la sua innocenza l'aveva tenuta lontana da ogni sospetto.
«Madonna mia» pensò. «E da dove accomincio?».
Gli venne in aiuto la signora Colajanni.
«La verità è la verità» proclamò la signora. «E va gridata ai quattro venti perché non offende né l'omo né il Signore. Tuo padre, carissima 'Ntontò, era da tempo inganzato con la moglie del camperi. Per questo se ne stava alle Zubbie. E tutti in paese dicono che il figlio è suo».
'Ntontò restò immobile, continuando a taliare i due con occhi diventati più chiari.
«E gli ha fatto donazione delle Zubbie?».
«Sissignore».
«E ha detto che lo voleva adottare?».
«Sissignore».
'Ntontò si susì, la visita per lei era finita.
«Datemi due giorni di tempo che ci ragiono sopra».

«E che c'è da ragionare?» spiò padre Macaluso facendosi laido in faccia.
«Due giorni. E grazie per la premura».

'Ntontò gli finì di contare la visita di padre Macaluso e della signora Colajanni e il farmacista fece un largo sorriso.
«La trova una cosa da ridere?» spiò tanticchia piccata.
«No, è che sono sollevato. Quando Peppinella è venuta in farmacia dicendomi che lei mi voleva vedere d'urgenza, ho pensato che si fosse ammalata di nuovo. Invece, fortunatamente, la questione è diversa».
«Io non ho nessuno a cui domandare consiglio» fece 'Ntontò dopo la spiegazione. «Potrei spiare il barone Uccello ma quello è sempre stato troppo dalla parte di mio padre. Perciò lo domando a lei, che mi pare omo retto, questo consiglio».
«Non è facile» disse il farmacista. «In un certo senso, padre Macaluso ha ragione. Per gli occhi della gente, dico».
«Se devo decidere secondo quello che pensa la gente, a quest'ora lei non sarebbe qui con me a spardare fiato».
«Giusto».
«E allora, prima del suo parere, le domando com'erano i fatti. Primo. Lei venne chiamato dalla buonanima per dare adenzia alla moglie del camperi. Come si comportò mio padre? Pensi di dover rispondere al delegato e non a me».
«Si comportò come se fosse il vero padre» disse Fofò senza dimostrare il minimo dubbio. «E poi c'era la facenna di come avevano sistemato la casina. Il camperi non dormiva più con la moglie».

«E mio padre invece dormiva con lei?».
«No, questo è il punto. Dormivano ognuno per i fatti suoi ma in due camere diverse».
«Secondo. Come lo trattavano a mio padre?».
«In tutta sincerità: moglie e marito gli volevano bene».
«La ringrazio» fece 'Ntontò isandosi. E mentre il farmacista le baciava la mano, gli fece rimprovero: «Lei però il consiglio non me l'ha dato».
«Perché io non mi sono mai sentito di consigliare gli altri. Posso parlare solo per me».
«Parli allora come se fosse lei figlio del marchese».
«Se mio padre avesse lasciato non dico scritto ma solo detto che tutte le sue proprietà andavano a chi voleva lui e io restavo povero e pazzo, non avrei alzato un dito contro la sua volontà. Ma sto parlando per me».
«Grazie» fece 'Ntontò.

'Ntontò non fece passare i due giorni che aveva domandato per pensare alla facenna: la sera stessa, dopo aver parlato con Fofò La Matina, mandò Peppinella con un biglietto dalla signora Colajanni. Lo scritto era di poche righe ma proprio quella brevità stava a dimostrare una ferma decisione. In sostanza, 'Ntontò diceva che non avrebbe messo nessuna firma su carte che andavano contro la volontà del padre e che sull'argomento non voleva più tornarci. Per la raggia, padre Macaluso con un càvucio fece volare via il messale. La notizia si seppe subito e venne accolta come nuova prova del fatto che la marchesina, dopo che si era pittata il culo di nivuro, con la testa non ci stava più. Ci fu solo una voce contraria. 'Ntontò ricevette infatti un grandissimo mazzo di rose con un biglietto che diceva: «Alla vera figlia di suo padre». La firma era «Zizì», come fin da piccilidda 'Ntontò aveva chiamato il barone Uccello. Rispose ringraziando e invitando Zizì a passare dal palazzo quando gli faceva piacere. Zizì non si fece pregare, il giorno appresso era assittato davanti a 'Ntontò.

«Io l'andai a trovare due volte, tuo padre, alle Zubbie» fece il barone Uccello. «Mi mancava. Ero abituato a vederlo tutti i giorni. E così pigliai il carrozzino e ci andai con l'intenzione di tornare a Vigàta la sera stessa. Ma per tutte e due le volte, non ci fu verso. Dovetti restare a dormire. A me dispiaceva, perché davo disturbo. Trisìna veniva mandata a dormire dalla cammara allato a tuo padre in quella di Natale, e la cammara allato me la pigliavo io, mentre Natale si andava a curcari nella stalla».

«E che facevate?».

«Niente. Quello che facevamo sempre. Mangiavamo, ridevamo e giocavamo a carte. Le carte erano lo specchio di tuo padre, lo sapevi, 'Ntontò?».

«Nonsi, Zizì. Che significa?».

«Significa che quando era allegro e non aveva pensieri, non c'era nessuno che lo potesse vincere. Quando invece qualche cosa non gli funzionava, perdeva. E alle Zubbie manco se chiamavo la mano di dio sarei stato capace di vincerne una che era una, di partita. Mi ci nescìva il senso».

«Quindi era felice».

«Felice?» fece il barone taliandola pensoso. «Era in paradiso, 'Ntontò».

«Stasera» disse 'Ntontò a Peppinella «prepara la tavola per tre».

«E cu veni?» spiò allarmata la cammarera.

«Non viene nessuno. Da stasera tu e Mimì mangiate con me».
«A tavula cu voscenza?!» esclamò inorridita Peppinella.
«Perché, c'è cosa in contrario?».
«Sissi. Primo, non è di giusto. E secondo, io e me marito non sapemo mangiare a tavola. Io fazzo rumore con la vucca, Mimì si sbraca».
«Fate tutti i rumori che volete e sbracatevi come vi pare. Non voglio discutere».
La sera, mentre cenava con Peppinella e Mimì che parevano due statue, 'Ntontò si spiegò:
«Se continuo a mangiare sola finisce che esco pazza».
Poi si rivolse più direttamente ai due, taliandoli negli occhi.
«Tu, Peppinella, e tua sorella Maddalena, e Mimì, lo sapevate quello che faceva mio padre alle Zubbie?».
«Sì» disse Mimì e quasi non si fece sentire.
«E perché non mi avete detto niente?».
«Mimì glielo voleva dire» intervenne Peppinella. «Ma io gli dissi di no. Mi dispiaceva che voscenza s'attristasse».

«La marchesina sta dimostrando, ogni giorno che passa, di avere ereditato la pazzignerìa paterna» disse al circolo il ricevitore Colajanni. «Ora s'è messa a mangiare a tavola con i cammareri. Una nobile!».
«Distinguiamo» fece il barone Uccello. «Non si tratta di cammareri qualsiasi. Peppinella e Mimì l'hanno cresciuta e addrivata».
«E con ciò? Sempre cammareri restano».
«E lei resta sempre uno stronzo» intervenne calmo il commendatore Aguglia, l'ex garibaldino.

A Colajanni mancò il respiro.
«Ma cosa sta dicendo? Lei mi renderà conto e ragione!».
«Quando e come vuole. Battersi con lei non comporta pericolo. È notorio che gli stronzi fetono, non ammazzano».
«Si ritenga schiaffeggiato».
«No, non mi ci ritengo. Lei si alza da quella seggia e viene a schiaffeggiarmi di persona. E qui i casi sono due: o io con un càvucio nel culo la spedisco fino a Malta o mi pulizio la faccia con un pezzo di carta come quando caco. Anzi, facciamo così: scelga lei».

'Ntontò ricevette un altro gran mazzo di rose. Nel biglietto c'era scritto: «A colei che con coraggio e sprezzo mette in atto l'ideale d'uguaglianza garibaldina. Commendatore Aguglia».
«Ma che viene a dire?» si domandò perplessa 'Ntontò.

Fu con costernazione, raggia o muso lungo che la maggioranza dei vigàtesi vide la carrozza con lo stemma dei Peluso, guidata da Mimì e con dentro Natale Pirrotta e Trisìna che teneva in braccio il picciliddo, venire dalla strada delle Zubbie, traversare il corso ed entrare nel portone del palazzo. La minoranza, in realtà composta dal barone Uccello e dal commendatore Aguglia, invece esultò. E tutte e due le parti senza sapere minimamente il perché di quella venuta.
«Li ha voluti vedere la marchesina» spiegò Mimì per liberarsi di due o tre che l'assugliavano come cani arraggiati. E non disse altro, lui stesso non sapeva la ragione di quell'alzata d'ingegno della sua padrona.

«Madonna santa quant'è bedda!» pensò Trisìna appena vide 'Ntontò, e lo spavento che aveva avuto durante il viaggio, con il vestito impiccicato al corpo per la sudatina e i denti incastrati uno dentro l'altro, le passò, inconsciamente pensando che una che è come la madonna male non ne può fare per natura.
«Vi ho fatti chiamare» disse 'Ntontò quando restarono soli nel salottino «perché volevo vedere il piccilìddo».
Si avvicinò alle braccia tese di Trisìna, scostò la pezzola, rimase a taliare il piccilìddo che dormiva.
«È bello» disse dopo una picca. «Quanto ha?».
«Tri misi».
«Sedetevi».
Si assittarono, Natale e Trisìna come scope.
«Non vorrei portare offesa a nessuno. Ma ho necessità di sapere. E prima di tutto vi dico che io non mi sento offesa né da mio padre, né da voi, né dal piccilìddo».
«Voscenza non mi porterà mai offesa. Come mai ne portò la bonarma do marchisi» fece Pirrotta. «Voscenza è patruna di spiare tutto chiddu ca ci passa pi la testa».
«Di chi è?» domandò 'Ntontò indicando il piccilìddo.
«Della bonarma do marchisi» fece Pirrotta. «E lo pozzo dire a testa alta, pirchì non ci fu né minzogna né tradimentu. Ma chisto il mondo nun lo devi da sapire, il figliu è miu».
«È giusto» disse 'Ntontò. Si era fatta dare il piccilìddo da Trisìna e ora lo teneva in braccio.
«Come morì?» domandò dopo una pausa.
«Sirinamente, nnu letto so'. Mancu sinni addunò. Quannu Trisìna trasì per arrisbigliarlu, u truvò

mortu. E manco parìa, ch'era mortu, parìa ca durmiva» disse Pirrotta.
«E perché l'avete gettato in un fosso?».
«Pirchì si lo trovavano dintra a me casa, con tutti i vuci ca currivanu in giro, ero certo ca dicivano ca l'avevamo ammazzato io e Trisìna. Me lo carricai sulle spalle, lo portai vicino al fosso e feci tanticchia di teatru pi fari crìdiri a Portera che il marchisi era sciddicatu».
«Grazie per la sincerità».
«Doviri mio».
'Ntontò suonò il campanello e Peppinella si precipitò, curiosissima. Tutto pareva calmo.
«Peppinè, fammi un favore. Vai nella mia camera e piglia la scatola dei gioielli che è sul comò. Portala qua».
«L'ho fatto apposta» fece 'Ntontò appena Peppinella fu uscita. «Potevo andarci io in camera mia ma desidero una testimonianza. Sono capaci di dire che quello che io voglio regalare al piccilìddo voi me l'avete rubato».
Tornata la cammarera, 'Ntontò raprì la scatola intarsiata e pigliò una catenina d'oro massiccio con un medaglione sul quale c'era un cammeo con il profilo del marchese.
«Questo l'aveva fatto fare mio padre per me» disse mettendo la catenina al collo del piccilìddo.
Natale s'inginocchiò, pigliò la mano della padrona e gliela coprì di vasate e lacrime.
«E di qualsiasi cosa avete di bisogno» fece 'Ntontò «io sono qua».

La notizia che la marchesina Antonietta Peluso di Torre Venerina era rimasta la sola superstite di tutta la famiglia arrivò per caso al barone Nenè

Impiduglia, e con qualche mese di ritardo. A dargliela fu, a un ricevimento del Circolo ufficiali di Palermo, il figlio più grande del barone Uccello. All'elencazione delle sventure capitate a 'Ntontò, Nenè Impiduglia manifestò pubblica commozione.
«Domani stesso parto per Vigàta» annunciò.
E mantenne l'intenzione. Il suo sbarco dal «Franceschiello» però non accese curiosità; anzi era, in un certo senso, cosa prevista.
«Arrivò il cacciatore» disse infatti il barone Uccello per tutto commento.
Nenè in paese lo conoscevano da tempo per le sue frequenti visite alla «cara zia» donna Matilde, che gli aveva fatto per un certo tempo da madre dopo che i genitori di Nenè se ne erano acchianati per il ribaltamento della loro carrozza. Le visite duravano poco, il tempo che passava fra l'attracco e il ripartirsene del postale. Ma a Palermo se ne tornava carrico.
E infatti, «Nenè vinni a fari carrico», era il coro generale quando lo vedevano arrivare.
«Suo nipote Nenè che fa a Palermo, marchesa?».
«Studia matematica» rispondeva donna Matilde.
Ed era vero. Accanitamente Nenè studiava le combinazioni della roulette, e questo lungo e applicato studio gli portava via un banco di denaro. E, affinché gli studii non venissero interrotti per mancanza di fondi, Impiduglia ogni tanto s'apprisintava a Vigàta dalla zia che generosamente otturava la falla.
Questa volta Nenè non andò a dormire a palazzo come sempre aveva fatto. Dopo avere avvertito la cugina del suo arrivo, e avere domandato d'essere ricevuto, pigliò alloggio alla locanda. L'indomani mattina, tutto vestito di nìvuro, se ne andò al cam-

posanto, a pregare sulla tomba gentilizia dei Peluso. Restò un'ora, impalato.
«Chiangiva e chiangiva» contò poi il beccamorto. «Tanto che ci dovetti dare io un fazzoletto, u so' era tutto vagnato».
Dal camposanto, si recò in chiesa e lasciò un sacco di soldi a padre Macaluso perché dicesse messe di rinforzo per le anime benedette.
«Soprattutto per donna Matilde» si raccomandò.
«È bravo, non c'è che dire» fece il barone Uccello quando gli contarono la matinata di Nenè Impiduglia. «Questo ce la farà a mettersi 'Ntontò nel carniere».
'Ntontò aveva invitato il cugino a pranzo, ma Impiduglia non si presentò. Al posto suo, arrivò un biglietto a sua firma dove era scritto che era uscito troppo impressionato dalla visita fatta al cimitero e quindi non se la sentiva. Non si poteva spostare l'invito per la cena?
Appena Impiduglia vide 'Ntontò, il cuore gli pigliò una scaffa, fece come la ruota d'una carrozza quando entra in una buca.
«La morte le giova» pensò a taliarla, ch'era una luce di sole. Subito gli occhi gli diventarono fontane. Si abbracciarono. E di colpo, a 'Ntontò venne in mente una scena di tanti anni prima, quando lei con Nenè si era ammucciata nel tettomorto e il cuginetto le aveva insegnato un gioco novo, al dottore si chiamava, e l'aveva fatta mettere stesa su un vecchio divano, le aveva isato la gonnellina e l'aveva visitata a lungo nel pancino e dintorni. Risentì, vrigognandosene, la stessa botta di calore.
Mangiarono in silenzio, era chiaro che Nenè era distrutto, non ce la faceva a parlare. E infatti non arrivò al secondo. A un certo momento si isò, baciò la mano alla cugina e se ne scappò.

«È troppo sensibile» disse 'Ntontò contando il fatto della cena alla signora Colajanni e alla signora Clelia che erano andate a visitarla.
«Ed è magari un bell'uomo» fece la signora Clelia che, avendolo il giorno avanti intravisto, ne aveva valutato le capacità.
«Ma che fa, non torna?» spiò la signora Colajanni.
«La prossima settimana. È dovuto andare di corsa a Palermo perché non poteva interrompere a lungo i suoi studi di matematica».
«Deve avere una testa grossa» fece la signora Clelia senza spiegare a quale testa volesse riferirsi.

A una simana precisa, Nenè s'arricuglì nuovamente a Vigàta.
«Vediamo che minchia ha strumentiato questa volta» disse il barone Uccello.
L'aveva strumentiata benissimo. Dal «Franceschiello» venne scaricata una cassa che Nenè fece recapitare direttamente alla chiesa madre.
«L'ultima volta che sono venuto per le messe alle bonarme» spiegò Impiduglia a padre Macaluso «mi sono accorto che c'era un altare vacante. Mi permetto di fare un regalo».
Dalla cassa nisci un sant'Antonio che pareva vero, con la facciuzza bedda bedda e gli occhi voltati al cielo.
Alla vista del regalo, il parrino stabilì che Nenè Impiduglia aveva tutte le caratteristiche della santità.
Nenè si sobbarcò alla faticata di quattro mesi di iri e vinìri tra Palermo e Vigàta e, quando gli parse che 'Ntontò era arrivata al punto giusto di cottura, si dichiarò.
Sapeva che, per ragioni diverse, padre Macaluso, la signora Colajanni e la signora Clelia erano dalla

sua parte. Lo erano magari Peppinella e Mimì, ai quali non passava giorno che non mollasse conquibus. Ma i due servi non lo facevano solo per i soldi, erano vecchi e stavano in pensiero per l'avvenire della padrona.

«T'hanno detto cose di me?» spiò a 'Ntontò.

«Niente di niente. Che mi dovevano dire?».

«Te le diranno, 'Ntontò. Ti diranno, per esempio, che io ho impegnato tutti i soldi che avevo nelle mie ricerche nel campo della matematica».

«Ma questo lo so».

«Sì, ma se tu dirai di sì a una proposta che ti voglio fare, tutti in paese verranno a contarti che io lo faccio a un solo scopo: quello di avere i tuoi soldi. E non è vero, 'Ntontò, te lo giuro sull'anima di tua madre».

«E quale è, questa proposta?».

«'Ntontò, vogliamo unire le nostre due solitudini? No, non rispondermi ora. Ripasserò da qui fra tre giorni, alla stessa ora. Spero di trovare ancora aperto il portone della tua casa».

Un singhiozzo artistico gli spezzò l'ultima parola.

Nei tre giorni che vennero, 'Ntontò non ebbe requie. Per primo s'apprisintò padre Macaluso.

«È un picciotto di nobili sentimenti. Un padre di famiglia ideale. E lei, marchesina, ha il dovere di maritarsi. Quando la bonarma di suo padre era vivo, io glielo dissi che era tempo che lei pigliasse marito. E lui mi arrisponnì che era d'accordo, voleva solo che il suo futuro sposo fosse di rango. Ora mi pare che il barone Nenè Impiduglia abbia tutte le carte in regola. Rispetti allora la volontà di suo padre».

«Una volta sì e una volta no?» spiò 'Ntontò con un sorriso strammo. Si riferiva al fatto dell'adozione del

figlio di Trisìna che il parrino aveva cercato in tutti i modi di metterci impedimenta. Ma padre Macaluso non era in grado di capire la sottigliezza.
La seconda a venirla a trovare fu la signora Colajanni.
«Parliamo tra femmine. Tu, 'Ntontò, dopo tutti i guai del lino che hai passato, non sei più la stessa. Hai necessità di un uomo con la testa sulle spalle al tuo fianco, un omo che ti sia padre e marito. Impiduglia è quello giusto».
La terza fu la signora Clelia.
«Parliamo tra femmine. Tu sei vergine, 'Ntontò, e non sai cosa ti stai perdendo. Una vera fimmina ha bisogno di un omo, non c'è niente di più bello quando un omo e una fimmina si abbrazzano. Tu non puoi moriri senza averlo provato».
Del tutto inatteso, arrivò il ragioniere Papìa.
«Ho sentito parlare, in paese, e vengo di mia spontanea volontà. Lo sa, marchesina, quanti anni ho?».
«Una settantina?» fece 'Ntontò.
«Sissignore. E non ce la faccio più con la testa. Sempre più di frequente i numeri non mi tornano e gli occhi mi fanno pupi pupi. Se voscenza si marita e suo marito, come è di giusto, si piglia l'amministrazione dei beni, io posso ritirarmi con l'animo in pace. Ci pensasse».
Prima che scadessero i tre giorni, 'Ntontò mandò a chiamare Fofò La Matina.
«Che devo fare?» gli spiò dopo avergli detto tutto quello che stava succedendo.
E quello che doveva fare, Fofò glielo disse spassionatamente. L'indomani, il farmacista venne aggredito dal barone Uccello:
«Magari lei ci si è messo per fottere la quaglia?».
Fofò La Matina capì subito a cosa si riferiva il barone.

«Io non fotto nessuno. Ma non mi sono sentito di dire alla marchesina che deve morire di solitudine e di malinconia».

Sempre a proposito di solitudine, avuta la risposta affermativa di 'Ntontò, Nenè Impiduglia se ne tornò a Palermo con una borsa piena di danaro che si era fatto anticipare da Papìa sulla dote della marchesina. Metà se la giocò e la perse regolarmente, con l'altra metà principiò a mettersi a posto. Si vendette la casuzza che aveva in città e il guadagno l'assommò a quello che gli restava dei soldi di Papìa. Pagò quindici creditori che a momenti restarono morti per la sorpresa e poi si dedicò all'impresa più seria, quella di alliquitare le due amanti che aveva. Con la prima, Tuzza, figlia di uno che abbanniava verdura per le strade, la cosa fu semplice.
«Quanto vuoi per levarti di mezzo?».
Tuzza sparò una cifra. Stettero tutto il pomeriggio a pattiare, mangiarono, la notte la passarono a ficcare e la matina presto trovarono l'accordo.
Con la seconda, Jeannette Lafleur, trentenne, primattrice di teatro, al secolo Gesualda Fichera, le cose andarono tanticchia meno semplici. Jeannette era portata al drammatico, come tutte le femmine di palcoscenico, e di Nenè si dichiarava innamorata. Qui non era quistione di soldi.
«Mi sei mancato come l'aria che respiro» diceva a Nenè quando lo rivedeva dopo qualche giorno d'assenza. E allora erano cazzi amari, perché Impiduglia, prima di potersi mettere a ficcare con lei, doveva sorbirsi una quantità di storie, e come la seconda attrice fosse una buttana che corrompeva l'animo candido dell'attor giovane e come il capocomico

non passasse giorno che non le faceva proposte vastase e come il suggeritore facesse finta di essere distratto durante la scena madre e la lasciava senza aiuto sul palcoscenico, con lei che si sentiva nell'africa pigliata dai turchi. Poi Jeannette, stancata dal lungo parlare, si voltava verso il muro e gli offriva finalmente il perfetto disegno della schiena.

«Ho avuto disturbi» disse Nenè di ritorno da Vigàta.

«Che disturbi?» domandò Jeannette.

«Mah, non so. Sono svenuto tre volte».

«Perché non vai da un dottore?».

L'indomani sera Jeannette si era appena voltata verso il muro che Nenè disse:

«Scusami, amore mio, ma non ce la faccio. Non ho testa. Stamattina il dottore, dopo avermi visitato, ha fatto una faccia che non mi persuade. Ci devo tornare domani».

Jeannette, assunta subito la parte della generosa infermiera, se l'abbracciò e vasò tutta la notte.

Mentre il giorno appresso Jeannette si stava truccando in camerino, la porta si spalancò e spuntò Nenè. Un morto, che miracolosamente si reggeva in piedi. Il vestito era tutto pieghe pieghe, i capelli spettinati, la cravatta per traverso. Era giarno, come se non avesse più sangue. S'accasciò sopra una seggia dicendo con una voce che non si capiva:

«Per favore, Jeannette, un bicchiere d'acqua».

Di corsa, arrivò il capocomico col bicchiere.

«Jeannette» fece Nenè. «Il medico ha parlato: sì e no, mi restano due mesi di vita. Fatti forza».

Jeannette pigliò a tremare e il capocomico le fece bere quello che restava nel bicchiere.

«La nostra storia d'amore finisce qua» ripigliò con sforzo Nenè. «Ti lascio alla tua vita, alla tua car-

riera. Io esco di scena. Ma tu stringi i denti: lo spettacolo deve continuare».
Jeannette capì che a questo punto del copione le toccava fare un grido e svenire. Eseguì. Affidata Jeannette alle cure della sarta, il capocomico aiutò Nenè ad alzarsi, l'accompagnò faticando fino all'uscita del teatro.
«Le faccio venire una carrozza, barone?».
Nenè lo taliò, sorrise, si raddrizzò.
«No, grazie, vado a piedi».
E si avviò spedito. Passato il primo momento, il capocomico lo assicutò.
«Ha fatto per finta?».
«Certo».
«Quanto vuole?»
«Per che cosa?».
«Per essere scritturato. Lei, come attore, dà punti ai meglio che ho visto».

Mentre Nenè Impiduglia sbrigava le sue facenne a Palermo, padre Macaluso e la signora Colajanni facevano consiglio.
«Ci sono diverse camurrie» esordì il parrino. «Il barone Nenè e la marchesina sono cugini primi. Ci vuole una dispensa per maritarsi».
«E chi la deve dare?».
«Il vescovo».
«E lei ci vada, dal piscopo».
«Ma non è solo questo. C'è il problema del lutto stretto. E se ci mettiamo a osservarlo, il lutto stretto, di matrimonio non se ne parla per un bel pezzo».
«Ma magari per questo non può intervenire il piscopo?».
«Sì, certo. Ma io ho fatto i conti. Tra una cosa e l'altra, i morti sono un nonno, un fratello, una ma-

dre e un padre; in parole povere, 'Ntontò deve starsene tappata in casa per almeno nove anni. Altro che maritarsi!».

«Ma nessuno regge a nove anni di zitaggio!».

«Appunto. Abbisogna trovare una soluzione. Domani vado a parlare col segretario del vescovo, monsignor Curtò, che è persona che la testa ci ragiona».

Monsignor Curtò parlò della questione col vescovo e dopo manco una simana padre Macaluso venne convocato in curia.

«Per la faccenda del cuginaggio» attaccò il vescovo che era persona di breve parlare e di concreto agire «non ci sono problemi, la cosa dipende direttamente da me e si può risolvere. Il problema del lutto invece non dipende da me ma da Dio».

«E come facciamo a trattare con Dio?».

Il vescovo sorrise, padre Macaluso l'aveva sempre divertito con le sue uscite.

«Non sapete che ci sono i suoi intermediari, in terra? Uno siete voi stesso e uno, modestamente, sono io. Dunque, caro figlio, dovete sapere che ci sono morti buoni e morti cattivi. Nel caso nostro, cattivi, e cattivi assai, sono il marchese vecchio e il marchese giovane. Sono trapassati in peccato mortale, uno suicidandosi e l'altro mentre commetteva adulterio. Io posso accorciare il lutto da nove anni a trentasei mesi, di più non posso fare. Ma ci sono da rispettare alcune regole. Monsignor Curtò ha già preparato il conteggio».

Il conteggio risultò essere di due messe a simana, e a testa, per i due marchesi, di una messa settimanale a testa per donna Matilde e suo figlio, messe da recitarsi appunto per mesi trentasei. Inoltre c'erano certe regalie, in moneta, da fare a opere pie come il Boccone del povero, le Figlie di Maria, le Orfanelle di Santa Teresa e via dicendo: la cifra corrispondente a queste regalie doveva essere consegnata, in unica soluzione, a monsignor Curtò che avrebbe provveduto all'equa distribuzione. A conti chiusi, un patrimonio. Le pubblicazioni si sarebbero fatte, in chiesa e al municipio, allo scadere dei trentasei mesi.

«Ma trentasei mesi, al mio paese, significano tre anni!» scattò Nenè Impiduglia appena gli vennero riferite le condizioni messe dal vescovo.

«Pure al mio, significano tre anni» fece padre Macaluso. «Ma ci pensi un momento. Prima di tutto, si tratta di tre anni a partire dall'ultimo morto, e cioè il marchese. Ora da quel giorno tristissimo sono passati otto mesi. Il che significa che c'è da aspettare due anni e quattro mesi. Chiaro? Basta un poco di pacienza. Lei intanto si stabilisce a Vigàta, fa vita serena e conosce meglio 'Ntontò. Inoltre qua può continuare i suoi studi di matematica».

«Qua non ci sono gli aggeggi adatti» fece Impiduglia, e aggiunse: «Ma i soldi per pagare le messe e per fare le regalie chi li tira fuori?».

Li tirò fuori 'Ntontò, oltretutto i morti erano suoi. La signora Clelia, da parte sua, contribuì a far passare a Nenè Impiduglia il tempo di quella lunga attesa: gli fece affittare un quartino che si era appena liberato, porta con porta all'appartamento che lei abitava.

Nei due anni che vennero appresso, capitarono due fatti. Il primo fu che Nenè Impiduglia, una domenica che stava mangiando in casa della zita, si fermò di parlare, aggiarnò e lento lento infilò la faccia nella minestrina. Portato al capoluogo e visitato, gli venne trovato il diabete. La seconda cosa che capitò fu che 'Ntontò si fece cucire un bordino bianco alle camicette e alle gonne: segno che d'in mezzo al nìvuro si principiava a travedere tanticchia di luce.

Sei

Mancavano solo tre mesi alle pubblicazioni, e a Nenè Impiduglia pareva di essere un naufrago che senza più fiato cominciava a vedere terra, quando il vapore «Pannonia», il più lussuoso della «Sicilian and International», attraccò nel porto di Palermo venendo da Novaiorca. Fra gli altri passeggeri, sbarcò un signore cinquantino, che parlava siciliano stritto e con mogliera miricana. Con una caterva di bagagli al seguito, pigliò alloggio all'Hotel des Palmes, dove ci andavano solo i ricchi. Nessuno, per un pezzo, seppe niente di quell'arrivo che avrebbe sconvolto non solo i piani di Nenè Impiduglia ma tutt'intero il paese di Vigàta.

Stavano parlando di come doveva essere fatto il matrimonio, quali persone invitare e se doveva essere una festa o una cosa fatta in famiglia, che trasì Peppinella con una busta in mano.
«L'hanno portata ora ora dal 'Franceschiello', viene da Palermo».
L'arrivo di una lettera non era d'abitudine, e 'Ntontò non perse tempo a raprirla. La leggì, ebbe il tempo di fare una voce: «Zio Totò» e svenire. Mentre Nenè gli prestava adenzia, si domandò: «Ma cu minchia è, zio Totò?».

«Ogni storia che si rispetta (e che rispetta prima di tutto se stessa avanti di essere rispettata dagli altri), comincia sempre vent'anni arreri» fece al circolo il

barone Uccello, e subito ammutolì per lo spavento, mai gli era capitato di dire parole tanto dense e profonde. Confortato, ripigliò a contare.
Salvatore Maria di Torre Venerina si levava un anno col fratello maggiore, don Filippo. Ma in mezzo ai due, per modo di pensare e di fare, ci passava la distanza dalla terra alla luna. Don Filippo era di animo ioculano, sempre a ridere stava e a godersi l'esistenzia, occupato solo a vìviri, mangiari e cùrriri appresso alli fìmmini. Don Salvatore invece campava la vita in mezzo ai libri, tanto che gli avevano dovuto mettere gli occhiali. Non passava giorno, crescendo, che i due fratelli non si pigliassero a legnate per qualsiasi minchiata. Poi le discussioni fra don Filippo e don Totò addiventarono più serie, magari se non isavano più le mani. Il nuovo motivo di sciarra fu la politica: don Totò borbonico convinto e don Filippo invece persuaso sostenitore dell'unità d'Italia. Alla fine del '60 don Totò scomparì da Vigàta.
«Se ne è andato in Calabria, coi briganti» spiegava don Filippo. E chiamando briganti i trentamila rivoltosi di quelle parti, si associava alla sbrigativa, e comoda, definizione dei piemontesi. Poi in qualche modo si venne a sapere che don Totò si era messo agli ordini del generale Borjes, lo spagnolo mandato a comandare le bande borboniche. Quando Borjes e il suo stato maggiore vennero fucilati a Tagliacozzo senza processo, il nome di Salvatore Peluso non risultò fra gli ammazzati dai bersaglieri. Per vie traverse, don Filippo venne a sapere che il fratello era arrinisciuto a scapparsene in America. E da allora non ne ebbe più nessuna notizia, tanto che pensò, dopo dieci anni, che fosse morto.
Invece era vivo e vegeto e stava per rimettere piede a Vigàta. Voci di paese contarono che era così ricco

che se carricava tutti i soldi che aveva sul «Franceschiello», il papore se ne sarebbe calumato a picco per il troppo peso. Contarono magari che la mogliera mericana di nome faceva Harriet e che aveva faccia e personale di mogliera e che con don Totò erano sbarcati un segretario che si chiamava Petru, di origine calabrese, amico di don Totò fino dai tempi della guerra fatta insèmmola coi briganti, e una fìmmina anziana, nìvura da fare spavento, chiamata Nettie, che era una specie di coca e cammarera.
E nel giorno tanto aspettato da tutti, quattro carrozze si fermarono davanti al portone spalancato del palazzo. Tutta Vigàta stava affacciata alle finestre o era in mezzo alla piazza a taliàre, pareva la festa del santo.
Dalla prima carrozza scinnèro don Totò, alto, dritto, con gli occhiali e la faccia segnata di rughe e cicatrici che pareva una carta di mare, e la signora Harriet, una specie di palo senza minne né fianchi, di pelo giallastro. Dalla seconda venne fuori Petru, magari lui cinquantino, di bassa corporatura, siccu, che taliava con la testuzza a dritta e a manca che pareva un firetto. Dalla terza niscì la negra, grassa, vecchia, con due occhi grandi come oblò di papore. I piccilidd, a taliarla, si misiro a chiangiri. L'ultima carrozza era china di bagagli che Mimì e Peppinella s'incollarono sulle spalle. Poi il portone si chiuse e la festa momentaneamente finì.

Zio Totò sparagnò alla nipote il racconto delle disgrazie successe alla casata. Non si capisce come, sapeva già tutto: persino del piccilidd che suo fratello aveva fatto con Trisìna.
«Domani andiamo insieme a trovarli al cimitero» fece 'Ntontò.

«E perché? Tanto i morti sono morti» fece zio Totò taliandola meravigliato.
«C'è ancora Curcunella?» spiò dopo una pausa.
'Ntontò si susì di scatto, niscì e tornò con una bambola, una pupa che lo zio le aveva regalato quando non aveva manco tre anni. Curcunella era il nome che le avevano dato, ed era un segreto fra loro due.
«Eccola».
Don Totò la pigliò fra le mani, mentre 'Ntontò, che fino a quel momento era riuscita a tenersi, scoppiava a piangere.
«Vieni qua» disse lo zio.
Se la fece assittare allato sul divano, le passò un braccio attorno alle spalle e a 'Ntontò venne spontaneo appoggiare la testa sul suo petto.
Ma la porta si spalancò di colpo. C'era Peppinella che tremava e faceva voci:
«Io con chidda cosa nìvura in cucina non ci sto!».
'Ntontò trovò pronta soluzione:
«Facciamo così. Tu cucini nell'altra cucina per te e per Mimì e Nettie prepara invece per noi».
«E per stanotti?».
«Che significa per stanotti?».
«Significa che la cosa nìvura misi i baliggi nella cammara allato alla nostra».
«Ma che scanto hai? Tanto non c'è Mimì che dorme con te?».
«Magari Mimì non è persuaso».
Nettie, la cosa nìvura, venne invitata a spostare i bagagli al primo piano, avrebbe dormito nell'ala padronale.

Nel dopopranzo, il barone Uccello domandò di poter fare visita. Si gettarono l'uno nelle braccia dell'altro, commossi, e subito dopo si inserrarono nella cammara dove c'era lo scagno del povero don Filippo. Don Totò offrì al barone un sicarro che pareva una ciminera.

«Ma perché si è fatto credere morto?».

«Non sono stato io. È stato mio fratello a persuadersi così».

«Già, ma lei è stato la bellezza di vent'anni senza dare notizie».

«Per i primi anni notizie non ne ho potute dare. Quando arrivai in America con Petru c'era la guerra, fra la gente del nord e quella del sud. Io stavo con quelli del sud, ho pigliato parte alla battaglia di Ciattanuga e il nostro comandante, il generale Lee, mi fece colonnello. Poi ho conosciuto Harriet, suo padre possedeva campi di cotone, e ci siamo maritati. Ho due figli, un mascolo e una fìmmina, si chiamano Federico e Matilde, come mio padre e mia madre. Ora stanno coi nonni materni. Poi sono andato in un posto che si chiama Tessas e mi sono accattato un pozzo. Mi sono fatto i soldi».

«Con un pozzo?!».

«Di petrolio, barone, non di acqua».

«Sì, ma perché dopo la guerra, quando si è maritato e ha fatto i soldi non ha mai scritto un rigo?».

«E che lo facevo a fare? Avrei dovuto scrivere un romanzo e nessuna anima criata ci avrebbe creduto».

«Starà molto, a Vigàta?».

«Qualche mese. Poi me ne torno in America. Ma dato che lei è qua, vorrei spiarle una cosa. 'Ntontò mi ha detto che si è fatta zita con un suo cugino che io non mi rammento, Nenè Impiduglia. Lei lo conosce?».

«I miei figli, che abitano a Palermo, lo conoscono bene. E sanno che ne ha fatte di cotte e di crude».

«Ah, sì?».

«Sì».
E il barone gli disse tutto quello che aveva da dire.

Nella simana che venne, Petru dimostrò la sua valentìa.
Per conto del suo padrone, accattò la casa con le colonne che la «Anglo Sulphur Company» aveva messo in vendita, e fece venire una carovana di mastri, pagando quello che c'era da pagare, per farla rimettere completamente a posto.
«Ma che ci ammanca loco nel palazzo della marchesa?».
«Don Totò non vuole dare disturbo».
Poi se ne andò a Palermo e carricò sul «Franceschiello» altri baulli che erano arrivati dall'America. Per scarricarli e metterli a posto dentro la casa, Sasà Maggiore e tre suoi compari travagliarono quattro giorni, e alla fine Sasà si intascò una tabacchera d'argento di straforo. In capo a venti giorni la casa era pronta, e don Totò con mogliera, segretario e cosa nìvura si trasferì, pigliando possesso della nuova abitazione. Poi don Totò andò a parlare col direttore della Banca Sicula di Credito e Sconto.
«Che è successo, mi pare giarno» disse il ricevitore postale quando alla scurata il direttore comparve al circolo.
«Mi lassassi perdiri» fece il direttore.
«Ma che fu, che c'è?».
«C'è che stamattina don Totò ha voluto che una parte, una parte minima, dei soldi che ha depositati a Palermo venissero trasferiti da me».
«E allora?».
«E allora, gli zeri di questo conto sono tanti che arrivano da qui al molo. E mi è venuto mali di testa».

Sistemato quello che doveva, Petru se ne tornò a Palermo perché – disse – doveva sbrogliare una cosa dilicata che gli aveva detto don Totò.

Intanto, per i vigàtesi, era principiata la farsa mattutina, rappresentata dalla negra Nettie che se ne andava a fare la spesa e che, non capendo manco una parola, faceva grandissimo burdello. Lo spasso però non durò tanto, perché l'amico del forasteri, il geometra Fede, le venne a dare una mano. Ma su di una cosa la negra si intestava e cioè di andare a domandare le cose più stramme alla farmacia, come per esempio un paio di quasette.
«Dice che al suo paese fanno così» spiegò il geometra che tanticchia d'inglisi lo parlucchiava. «Alla farmacia, che si chiama storo, accattano uno di tutto».
E Fofò La Matina, per farla contenta, ogni tanto le vendeva qualche cosa.

Don Totò s'era pigliato l'abitudine di andarsene al circolo e subito, appena trasiva, veniva attorniato. Il geometra Fede era abilissimo a smurritiarlo. E don Totò si metteva a contare storie dell'America che, in confronto, l'opera dei pupi e i paladini di Francia parevano palìco. Ma non mancava giorno che il marchese – perché ora il titolo gli spettava – non andasse a fare visita alla nipote.
Con Nenè Impiduglia non era né càvudo né friddo, bongiorno e bonasera. 'Ntontò si addunava di come lo zio si comportava con il suo zito, ma non aveva core di domandargli la scascione.
Una decina di giorni prima delle pubblicazioni, quando già 'Ntontò si preparava a mettersi i vestiti di mezzo lutto, Petru s'arricampò da Palermo col postale.

«Qui c'è tutto» fece posando una grande busta sullo scagno del padrone. «E mi pare che stia venendo malo tempo».
Il marchese aprì la busta e si mise a leggere le carte.
«Allora che ha deciso?» gli spiò più tardi al circolo il barone Uccello. «Se ne resta a Vigàta o se ne torna in America?».
«Resto ancora per qualche giorno, risolvo una facenna e me ne rivado in America. A Vigàta tornerò ogni tanto, quando mi piglierà spinno. Ma qua non voglio morire».
«E non aspetta il matrimonio di sua nipote?».
Il marchese lo taliò e non rispose. Ma in quanto al loco della sua morte, fu cattivo profeta.

Quando trasì nella cammara-scagno di don Totò, padre Macaluso vide che c'era già il barone Uccello, e la cosa non gli fece piacere. Qualunque era il motivo della chiamata che aveva ricevuto tramite Petru, il barone non sarebbe stato neutro ma contro, i parrini non li poteva sòffriri.
Il marchese si susì, gli andò incontro, gli dette la mano e lo fece assittare.
«Gradisce qualcosa?».
«No, marchese, a quest'ora mi passerebbe il pititto».
«Allora arrivo subito alla sostanza. Mi sono permesso di disturbarla, caro padre, perché so che lei è stato quello che ha convinto mia nipote a farsi zita con Impiduglia».
«Oh Dio, non sono stato il solo. Magari le signore...».
«Non m'importa delle signore».
«Guardi che magari il farmacista...».
«Lasci perdere il farmacista. E non continui a fare

passi narreri perché può finire che cade all'indietro e si fa male. Mi spiego?».
«Chiarissimo».
«Siccome 'Ntontò ne ha passate troppe, io, come zio suo, mi devo preoccupare che non ne passi di peggio».
«E che c'è di peggio della morte dei genitori e di un fratello?».
«C'è di peggio, si lasci pregare, parrino. Dunque, ho mandato Petru a Palermo a pigliare notizie su questo Impiduglia. Cominciamo col dire che ha avuto quattro amanti».
Padre Macaluso sorrise.
«Lei si addiverte?».
«No, queste sono cose di gioventù. Ma da quando Impiduglia sta a Vigàta ha messo sicuramente la testa a posto».
«A che posto? Dentro al letto della signora Clelia Tumminello?».
Padre Macaluso finì di sorridere.
«Passiamo a cose più serie. Impiduglia è un giocatore accanito, un malato del gioco. E alle carte e alla roulette ha perso tutto il patrimonio».
«Non lo sapevo».
«Ci credo. E vuole sapere una cosa? S'è fatto anticipare da Papìa una parte della dote di 'Ntontò e metà se l'è subito giocata. Non basta: ha subìto due condanne per truffa. Talii le carte».
Padre Macaluso avvicinò il mazzetto di fogli che era sullo scagno. Non erano cose di vento, erano estratti di sentenze e dichiarazioni giurate.
«Cosa dovrei fare?» spiò rassegnato.
«Parlare lei con Impiduglia. Io gli do tre giorni di tempo a Impiduglia per pensarci, perché faccio tre ipotesi. La prima è che lui se ne parte se la fotte lui

dove, mandando a 'Ntontò una bella lettera che dice che non se la sente di legarsi, che non è fatto per il matrimonio. La seconda è che lui non se ne va e cominciamo la guerra. In questo caso io faccio interdire mia nipote, ne divento il tutore e il signor Impiduglia i soldi di 'Ntontò li potrà vedere solo col cannocchiale. E ottenere questo da un Tribunale sarà facile. La liggi segue sempre la strata che gli segnano i soldi. La terza è che lui viene qua, a casa mia, mi domanda perdono per il male che voleva fare a 'Ntontò, io gli do una picca di soldi come buonuscita e ognuno con Dio. Ma non deve fare uno sbaglio, che sarebbe vedersi con mia nipote in questi tre giorni. Le mandi a dire che non si senti bono».

«Riferirò» disse il parrino susendosi. Ma prima di uscire fece una domanda.

«Posso sapere a che titolo il signor barone è stato presente?».

«Come testimonio. Non voglio che quello che ho detto sia contato poi per traverso. E a proposito di titolo, se vuole dire una parola di conforto al suo protetto, gli dica che aveva un solo titolo per maritarsi con 'Ntontò. Quello di essere nobile».

Bastarono e assuperchiarono quattro ore perché tutta Vigàta – fatta eccezione di 'Ntontò – sapesse che personaggio era Nenè Impiduglia e della scena che c'era stata tra don Totò e padre Macaluso. L'unica a pigliare giovamento dallo starsene a casa di Nenè fu la signora Clelia.

«Ma vero è che ti condannarono?».

«Sì».

«Fammillo ancora, o Dio, che bello! Ancora! No, aspetta, Nenè, ora facciamolo per d'accussì».

Cento occhi, alla scadenza dei tre giorni, accompagnarono i passi d'Impiduglia che dal quartino lo portavano alla casa con le colonne. Scurava.
Davanti agli occhi del marchese, che se ne stava assittato nello scagno, Nenè si scantò. Quelli, e ne ebbe assoluta convinzione, erano occhi di chi aveva saputo ammazzare, magari a sangue friddo. Aprì la bocca per parlare ma se la sentì murata.
«Acqua» arrinisci a dire.
Il marchese non si catamìnò, continuava a taliarlo che pareva un serpente prima di mangiarsi un surci. Allora Nenè voltò le spalle, seguì lungo il corridoio un odore di coniglio alla cacciatora e arrivò in cucina. Nettie non c'era. Sul davanzale della finestra era posato un bùmmulo che trasudava. Lo pigliò e bevve. Fatto quello che aveva da fare, tornò nello scagno.
«Sono venuto a dirle che accetto la terza proposta».
Sempre taliandolo, don Totò aprì un cascione, ne tirò fuori una busta piena, gliela gettò vicino alle mani.
«In America» disse «questi soldi me li sarei sparagnati. Ringrazia Dio che non siamo in America».
Nenè intascò la busta.
«E a 'Ntontò chi glielo dice?».
«Ci penso io, non ti pigliare preoccupazione».
Impiduglia si voltò e uscì. Don Totò si passò una mano sulla faccia, fece un sospiro funnuto, suonò il campanello.
«È tutto finito, Petru» disse al segretario appena comparve. «Si pigliò i soldi. E non ci potevamo aspettare cosa diversa, data la natura di quest'omo di merda. Fammi un piacere: vai da 'Ntontò e dille che domani sono a pranzo da lei».
«Ci va magari la signora?».

«No, Harriet si stuffa, non capisce una parola di quello che diciamo. Questo viaggio qua per lei è una sofferenza. Ma fra pochi giorni ce ne torniamo in America».

'Ntontò aspettò fino alle due passate che lo zio venisse a palazzo. Poi, non vedendolo ancora arrivare, venne pigliata dal nervoso. Aveva capito subito che don Totò, invitandosi a pranzo, voleva parlarle di Nenè e chiarire il perché del suo atteggiamento. Rifiutò il consiglio di Peppinella di sedersi a tavola e intanto principiare, preferì invece spedire Mimì alla casa con le colonne per sapere che cosa era successo. Mimì tuppiò al portone della casa di don Totò e nessuno arrispose. Due cose lo misero sul chi va là: la prima era che malgrado fosse dopopranzo, da una finestra si vedeva un lume allumato e la seconda era che da sotto il portone si sentiva feto di carne abbrusciata. Di corsa andò a informare il delegato Portera che non perse tempo a fare sfondare la porta. Il quadro che si presentò al delegato, a un suo uomo e a Mimì fece sì che i tre si levassero contemporaneamente il cappello, avendo l'impressione di essere entrati in un museo di statue.
Assittati torno torno a un tavolo rotondo, perfettamente apparecchiato per cenare, don Totò stava portandosi alla bocca una forchettata di spaghetti, la signora Harriet si asciugava le labbra con la sarbietta e Petru era col braccio destro allungato per pigliàrisi una fetta di pane. In cucina, Nettie era magari lei assittata, con un piatto sulle ginocchia, e taliava verso un fornello, ora astutato, sul quale c'era una cazzarola con dentro un coniglio alla cacciatora completamente arso. Non c'era niente che paresse cosa di violenza, si trattava di una scena di tutti i

giorni e ci si aspettava anzi che quelle persone, sorprese nell'intimità, dovessero alzarsi e domandare conto e ragione agli intrusi. Portera ne aveva visti tanti di morti ammazzati, e alcuni con spaventosa fantasia, ma fu proprio questa mancanza di violenza, apparente certo, che gli fece venire uno strizzone alla bocca dello stomaco. Il primo pensiero fu che si fosse trattato di uno sbaglio della negra, si sapeva che Nettie era fissata a insaporire gli spaghetti con le prime cose che gli passavano per la testa. Poi, di colpo, il delegato si ricordò di quello che si era detto in paese su don Totò e Nenè Impiduglia. Intanto molta gente, che aveva saputo che i morti parevano statue, voleva visitare il museo. Portera si scantò, e mandò a chiamare il tenente Baldovino con qualche soldato. Fu proprio il tenente a stringere il nodo scorsoio attorno al collo di Impiduglia.
«Io l'ho visto, ieri sera, il signor Impiduglia in questa casa. Era quasi affacciato alla finestra della cucina e stava bevendo».
Dunque Nenè, in qualche modo, era arrinisciuto a trasiri nella cucina, e gli era stato facile perciò mettere il veleno nella pignata dove bolliva l'acqua per gli spaghetti. Il motivo per fare tutta quella minnitta c'era, e lo conoscevano tutti.
Portera pigliò due uomini e corse nella casa dove stava Nenè. Tuppiò, ma si aprì la porta del quartino della signora Clelia:
«Che c'è? Che volete? Il signor Impiduglia è partito questa mattina presto. Per Palermo. M'ha detto che andava a ripigliare gli studi».
«Abbattete la porta» ordinò Portera.
«Ma non c'è bisogno!» intervenne la signora Clelia. «M'ha lasciato la chiave per ridarla al padrone di casa e m'ha dato magari i soldi dell'affitto».

Quest'ultima frase disturbò un poco il delegato: ma come, uno ha appena finito di ammazzare quattro persone, di farsi quattro coria, e prima di mettersi a scappare consegna la chiave e paga l'affitto? Ma il pensiero gli passò di testa quando vide il disordine del quartino, tutte le cose all'aria, segno di fuga precipitosa.
Se avesse spiato alla signora Clelia, avrebbe invece saputo che quel disordine era l'abituale ordine di Nenè Impiduglia.

Mimì, ritrovando la sua antica faccia stagnata di brigante, disse alla padrona che don Totò era dovuto andare al capoluogo per un affare importante. A pranzo, il marchese sarebbe venuto il giorno appresso. Calmata 'Ntontò con questa farfantarìa, andò dal farmacista, gli contò il fatto che del resto Fofò già sapeva e lo pregò di dire tutto alla padrona. Di farlo lui, non se la sentiva.
Fofò rispose che ci avrebbe provveduto, intanto Mimì avvertisse la signorina che in serata sarebbe passato.

«E vossia non sapi quale delle tre proposte di don Totò era disposto a scegliere Impiduglia?» spiò Portera.
«No, non lo so» fece padre Macaluso. «Io gli ho solo riferito quello che mi aveva detto il marchese».
«Ma che ci sta a ragionare sopra!» intervenne il barone Uccello. «Li ha ammazzati, e aveva calcolato tutto. Forse una delle tre proposte l'avrebbe accettata – a mio parere la terza, quella che si pigliava i soldi e se ne andava – ma l'odio gli ha fatto venire altro pensiero».
«Quando lo troveremo, sapremo» concluse il delegato.

«Non lo troverete tanto presto» disse il barone.
«E perché?».
«Perché io a Nenè non l'ho mai fatto capace di ammazzare. Se l'ha fatto, veni a dire che ha perduto la testa. E uno che ha perduto la testa non si sa come ragiona, mentre lei, caro delegato, sa come ragionare. In conclusione, sono due strade che è difficile che facciano bivio».

'Ntontò raprì la porta e non trasì nel salottino dove in piedi l'aspettava Fofò La Matina.
«Che vuole?» domandò alla porta.
Fofò restò sorpreso. Poi si addunò che la marchesina cra pallidissima e aveva gli occhi rossi. Stava dritta dritta in modo non naturale.
«Venga, marchesa. Si segga. Avrei da dirle una cosa».
«Quello che lei deve dirmi l'ho già saputo. Da due ore. Da Peppinella, che non ce l'ha fatta a reggere alle mie domande. Mi può fare un favore?».
«Agli ordini».
«Si metta d'accordo con Papìa e abbadi lei a tutto».

Sette

Abbadare a tutto non fu facile per Fofò. Il primo intoppo venne dal fatto che la signora Harriet era protestante.

«Ma perché protestava?» disse padre Macaluso. «Bastava che veniva a fare un salto in chiesa e si arrisolveva tutto».

L'altro fu quello di trovare il cognome di Petru e la sua data di nascita. Sul fatto che Nettie fosse cristiana invece non c'erano dubbi: ogni mattina, con il sole ancora a livello di mare, apriva il finestrone e si metteva a cantare le lodi del Signore battendo le mani e arriminandosi tutta. Era uno spettacolo.

Fofò mise in vendita la casa con le colonne, incassò le carte e i documenti della signora e di don Totò per spedirli in America. Scrisse magari per informare i figli dei soldi che il marchese aveva a Vigàta e quasi certamente a Palermo. Una sola cosa si mise in sacchetta: un librettino nero nel quale don Totò pigliava nota delle spese di giornata. L'ultimo rigo diceva: «Dati a Nenè Impiduglia» e seguiva una grossa cifra.

Una decina di giorni appresso, il delegato se ne partì a cavallo per Misilmeri, un paese vicino a Palermo. Aveva ricevuto una lettera dal suo collega di quel posto e di quello che c'era scritto voleva sincerarsi di persona.

Appena tornato a Vigàta, chiamò nel suo ufficio il barone Uccello, padre Macaluso e Fofò La Matina.

«Nenè Impiduglia è stato trovato. Era dentro a un pagliaro nei paraggi di Misilmeri, morto e nudo».

«Perché nudo?» spiò subito il parrino.

«Non penso che sia stato lui a mettersi nudo» spiegò il delegato. «Sarà stata gente di passaggio a levargli magari le mutande, gente che aveva bisogno».

«Perché morto?» domandò più propriamente il barone Uccello.

«Non si capisce. Sul corpo non ci sono ferite, salvo due o tre muzziconi di cani che volevano mangiarselo».

«Io penso di sapere com'è morto» intervenne Fofò La Matina. «Hanno trovato una scatolina?».

«Niente di niente. Hanno trovato solo una busta strazzata col suo nome e cognome e indirizzata qua. Per questo m'hanno scritto da Misilmeri. E che c'era nella scatolina?».

«Insulina e stricnina» disse il farmacista.

«Minchia!» fece il delegato.

«Gliele avevo date io, le pastiglie di stricnina. Servivano con l'insulina a curargli il diabete. Lo sapevate che era malato?».

«No» dissero a una voce il delegato e il barone.

«Coma diabetico» continuò Fofò La Matina. «Deve essersi sentito male strada facendo. Forse le pastiglie le aveva finite e non ha potuto darsi adenzia».

«Certo che le aveva finite, le pastiglie!» esclamò il barone Uccello. «Gli erano servite per avvelenare don Totò e i suoi!».

«Non credo con la stricnina, barone».

«E perché?».

«Perché la morte per stricnina si vede. Le facce e i corpi diventano storti per gli spasimi. Invece da don

Totò tutti erano in posa naturale. No, penso che quel figlio di buttana li abbia avvelenati con la belladonna».
Il farmacista era conosciuto perché era difficile che facesse qualche insurto e chiamare figlio di buttana Nenè Impiduglia non era cosa di lui.
«Scusatemi» disse il farmacista tirando fuori dalla tasca un librettino nero e dandolo al delegato. «Talii nell'ultima riga. Quel disgraziato prima s'è pigliato i soldi e poi l'ha ammazzato, a don Totò».
«Glielo dice lei, a 'Ntontò, come al solito?» spiò dopo una pausa il barone al farmacista.
Fofò restò per un pezzo muto, era chiaro che si stava tirando il paro e lo sparo.
«No, non glielo dico. Lasciamole credere che Impiduglia se ne sia scappato. Non so come piglierebbe la notizia di una nuova morte. Regge appena, con i nervi».

«Lui può magari non dirglielo, alla marchesina, il fatto di quest'altra morte. E fa bene» disse più tardi al circolo il ricevitore Colajanni. «Ma la cosa resta».
«Non capisco dove vuole andare a parare» fece il barone Uccello inquartandosi: conosceva bene un certo tono di voce di Colajanni.
«Io non vado a parare da nessuna parte. Io conto».
«E che minchia conta?».
Colajanni alzò il pollice della destra e principiò.
«Don Federico, Rico, donna Matilde, don Filippo, don Totò, la signora Harriet, Petru, la negra e Nenè Impiduglia».
Quando finì l'elenco, gli restava solo da aprire il mignolo della sinistra.
«E nove. Mi sono spiegato?».

«Nossignore. Lei deve dire parole latine».
«Più latine di queste? Sto dicendo che la marchesina sta facendo più danno di un terremoto».
Se il tenente Baldovino non era lesto a tenerlo, il barone avrebbe gonfiato la faccia del ricevitore a pagnottoni.

Ma la filama era stata gettata e pigliò a correre leggera per il paese, perché, come si sa, la calunnia è un venticello. Da parte sua 'Ntontò ci mise il carrico da undici. Assugliata dall'insonnia, passava la notte a camminare da una cammara all'altra con una candela in mano e siccome pativa magari di quadane, era costretta a tenere i finestroni aperti. Così i vigàtesi che si coricavano tardi e quelli che si susivano presto potevano vederla fare quel mutuperio e ne pigliavano spavento.
«Sta sempre con un fazzoletto assuppato di lagrime davanti alla bocca» disse uno.
«E gli occhi sono troppo spirtati» fece un secondo.
«Io una notte l'ho sentita arridere» aggiunse un terzo.
«Per isteria, sicuramente. Ma è una cosa da far rizzare il pelo».
I componenti della famiglia Agrò scoprirono per caso, ma con grandissimo scanto, che erano cugini in decimo grado con 'Ntontò Peluso. Per non sapere leggere e scrivere, assoldarono una vecchietta che meglio non ce n'era in fatto di scongiuri.
Il farmacista trovò sulla porta di casa un grandissimo corno rosso con un biglietto che diceva: «Per quando vai a trovare la marchesa».
Una matina Mimì, raprendo il portone del palazzo, vide che da una maniglia pendevano due galluzza vi-

vi. Aspettò per un pezzo che qualcheduno venisse a ripigliarseli, poi visto che non s'apprisintava nessuno, li slegò, gli tirò il collo e se li fece a brodo. Non sapeva che i galluzza li aveva messi apposta Saro Miccichè, il quale aveva un piccilidddo di tre anni malato grave. I medici, magari quelli di Palermo, dopo averlo visitato, tistiavano e davano rimedii, ma si vedeva che erano scoraggiati.
Dopo una simana che Saro Miccichè aveva appiso i galluzza, successe un fatto grave: il piccilidddo sanò. E due giorni dopo correva strade strade.
Ma allora non passò matina che Mimì, raprendo, non trovasse accatastati pani di frumento, verdura, quarti di agnello, forme di tumazzo, sasizze, cavagne di ricotta, cassate, cannoli e via dicendo.
«Deve ringraziare Dio che non campiamo più in tempi di conseguenza» fece il ricevitore. «Perché altrimenti il rogo a 'Ntontò non glielo avrebbe risparmiato manco lo spirito santo».

Poi la facenna cominciò a calare come era cominciata, in primisi perché la gente si addunò che, malgrado i tributi offerti alla marchesa, chi doveva morire moriva e chi doveva campare campava, e in secundisi perché certe matine i portatori di regali si trovarono davanti il barone Uccello che, vociando, li pigliava a càvuci in culo e nerbate.
Poi fu 'Ntontò stessa a levare quel carrico che in principio ci aveva messo. Una domenica, verso le nove, nisci dal portone e si avviò alla chiesa accompagnata da Peppinella. Era sempre vestita di nìvuro, certo, ma non faceva niente di strammo, camminava giusta e rispondeva con un gesto della testa a chi la salutava. Qualcuno la vide persino tentare un sorriso, dietro la veletta. Si inginocchiò al

confessionile, si fece la comunione e se ne tornò a palazzo. La notte i finestroni restarono inserrati. Chi invece venne visto passiare fino a notte tarda lungo la ripa del mare malgrado tirasse tramontana fu padre Macaluso: si vede che qualche cosa gli era andata contraria, perché parlava da solo e faceva gesti.

«Mi voglio confessare».

«Ha offeso il Signore con parole o atti?».

«Sì. Sono stata sgarbata con il mio servo Mimì e ho perso la pazienza con la serva Peppinella».

«È un peccato veniale ma sempre peccato è. Lei, marchesa, deve starci più attenta. Cinque avemarie e cinque patrenostri. Ego te...».

Aveva isato la mano per benedire, sapeva che queste erano le massime colpe della picciotta. Ma la voce di 'Ntontò lo paralizzò.

«C'è un'altra cosa».

«La dica».

«Quando vado a coricarmi, mi tocco» fece la marchesina con tono stracangiato, parlava bassa e rauca.

«Che significa, mi tocco?».

«Significa che mi tocco».

«Dove?».

«Davanti e di dietro, sopra e sotto. E dopo mi faccio una bella dormita. Fino a mattina».

«E lo fa per questo, per pigliare sonno?».

«Pure».

«Ma Cristo di Dio, lei non può servirsi di un peccato come se fosse un calmante!».

«Che ci posso fare se mi fa bene? E ci piglio magari piacere».

«Si tocca una sola volta?».

«No, certe notti assai volte».

«Assai?».
«Assai».
«E queste cose le fa solo per pigliare sonno o pensa a qualcuno di speciale?».
«Penso a uno».
«A chi?».
«M'affrunto a dirlo».
«Lei lo deve dire, altrimenti non posso darle l'assoluzione».
«Penso a Fofò La Matina».
Ecco, era questo che padre Macaluso si ripeteva mentre camminava sopra la pilaja. E non gli poteva pace, la coscienza di 'Ntontò era sempre stata come un grande foglio bianco e ora una laida macchia d'inchiostro lo sporcava.

«Mi voglio confessare».
«In nome del padre, del figlio e dello spirito santo. Parli, marchesa».
«L'altro ieri mi è venuto di dare una timbulata a Peppinella che mi aveva rispostiato».
«Marchesa, per amore del Signore, non mi conti queste stronzate. Arriviamo al concreto. Ancora?».
«Sì».
«Tutte le notti?».
«Sì».
«E certe notti diverse volte di seguito?».
«Sì».
«E pensa sempre allo stesso omo?».
«Sì».
«Marchesa, me l'aspettavo. Durante questa simana ci ho ragionato sopra. Io ho il dovere di salvare la sua anima, mi capisce?».
«Sì».
«E ho fatto una pensata. Mi ascolti bene».

«Sì».
«Se lo piglierebbe il farmacista per marito?».
«Sì».

Fofò La Matina si era appena messo a tavola che sentì tuppiare alla porta e una voce che santiava. Scese la scala di legno, raprì la porta e si trovò pigliato per il colletto della cammisa e impiccicato contro un bancone. Padre Macaluso era una furia.
«Porco! Mascalzone! Comparire così nella fantasia di una picciotta! Si affronti!».
«Ma di che?» riuscì a dire il farmacista mezzo assofficato.
«Ah, non lo sa, l'innocente!».
«Giuro che non lo so».
«E se non lo sa, io non glielo dico. Ma lei farà quello che le ordino o, privo di Dio, la spacco in due!».
«Ma vuole dirmi che devo fare?».
«Maritarsi con la marchesina 'Ntontò» sparò padre Macaluso, lasciandogli finalmente libero il collo.
Il farmacista si fece di pietra.
«Babbìa?».
«Nossignore».
«Ma taliassi: la marchesina discende da Federico secondo, e io sono invece appena sceso dall'albero dove coglievo i frutti per venderli».
«Non conta».
«Come non conta? L'unica condizione di don Filippo e di don Totò era che lo zito doveva essere nobile».
«E da dove cazzo vuole che ora facciano opposizione? Non lo vede che intorno a 'Ntontò s'è fatto deserto?».
«Ma a chi la domando, la mano?».
«A lei stessa. E oggi stesso».

«Ma la marchesa mi vuole?».
«La vuole, la vuole. Cristo, se la vuole!».
«Andiamo di sopra e parliamone ancora con calma».
Ne parlarono per altre due ore. Il pititto che era passato a Fofò era invece venuto al parrino che si puliziò tutto il mangiare mentre cancellava una appresso all'altra le osservazioni del farmacista.
«Ma quando si potrà fare questo matrimonio?» fu l'ultimo dubbio di Fofò.
«Come quando? Fra un mese».
«E la dispensa dal lutto?».
«Ma quella c'è. Il vescovo si è già sbafato il patrimonio quando si è trattato di Impiduglia».
Non ci fu niente da fare. Vestito pulito, accompagnato da padre Macaluso, alla scurata il farmacista si presentò a palazzo. 'Ntontò l'aspettava in salotto. Non disse niente, fece solo gesto a Fofò di assittarsi allato a lei sul divano e al parrino di mettersi su una poltrona. Poi, come chiamato dagli occhi di lei, il farmacista, che teneva la testa girata verso un quadro, principiò a voltarsi. E finalmente si taliarono occhi negli occhi.

Dal viaggio di nozze – quindici giorni a Palermo, all'Hotel des Palmes – Fofò e 'Ntontò tornarono stracangiati.
'Ntontò pareva che si era levata d'incollo una decina d'anni, era addiventata una picciottedda che rideva sempre e che a ogni domenica mutava d'abito. Si era gettata darreri le spalle anni di lutto e di lagrime. Fofò La Matina invece più i giorni passavano e più diventava nìvuro e sgarbato, certe volte non rispondeva al saluto, stava tutta la giornata in farmacia e la sera, prima di rientrare a palazzo, si faceva una lunga e solitaria passeggiata

a ripa di mare a taliare i granci che camminavano di lato. Amici non ne aveva avuti e amici non se ne fece.

«Gli impacchi che m'ha dato da fare agli occhi m'hanno portato beneficio» fece il barone Uccello. «Me ne può preparare ancora?».
«Certo» disse il farmacista. Andò nel retrobottega e tornò con un vasetto di vetro pieno di una polvere nera.
«Non mi resta che questa. Domani che è domenica vado alla Mantellina a coglierne ancora».
«Va alla Mantellina?».
«Sì, è un chiarchiaro pieno di questa pianta».
«Si porti una scopetta».
«E perché?».
«Perché m'hanno detto che alla Mantellina un viddano, proprio in questi giorni, è stato mozzicato da un cane arraggiato, ed è morto».
Fofò decise di seguire il consiglio del barone. Arrivato al chiarchiaro, un posto desolato pieno di pietre, la cui sola vegetazione era costituita dal meliloto, l'erba che gli interessava, e da stocchi di saggina, si addunò – o forse fu il fucile che aveva in spalla a farglielo addunare – che il posto era pieno di lepri e di conigli. Ammazzò due lebbri e un coniglio, poi rinunziò a sparare perché non avrebbe saputo dove mettere gli armali.
E fu così che gli venne la mania della caccia.
Scontento dei fucili che aveva trovato a palazzo, andò a Palermo e s'accattò quattro scopette che erano una meraviglia. Tre mesi dopo gli arrivarono due cani inglisi, che si chiamavano bloodhound e sentivano feto di sarvaggio a miglia di distanza. In paese, Fofò principiò a vedersi picca o niente, la far-

macia era affidata al commesso di cui nessuno si poteva lamentare.

Promosso capitano, il tenente Amedeo Baldovino dovette lasciare Vigàta: come comandante di guarnigione venne mandato il tenente Emiliano di Saint Vincent, un nobile piemontese di Asti. Al circolo, fecero una festa di addio a chi se ne andava e di bonvinuto a chi arrivava, e ci furono brindisi e commozione, perché Baldovino, dopo tanti anni, era considerato uno del paese.
«Ma è un angelo!» fece la signora Clelia appena vide il tenente Emiliano.
Alto, biondo, elegantissimo, Emiliano di Saint Vincent, durante tutto il ricevimento, parlò, salutò, batté i tacchi, baciò mani, s'inchinò, ma fece tutto come se fosse un altro a fare quelle cose, pareva lontano e irraggiungibile.
«E questo quando l'afferro?» pensò la signora Clelia scoraggiata.

Il tenente Emiliano, difatti, disse civilmente di no alla gentile sollecitudine della signora Clelia che voleva fargli pigliare il quartino porta con porta con la sua casa, quello stesso che era servito a Nenè Impiduglia.
«Preferisco dormire in caserma con i miei soldati».
«Ma in caserma è scomodo!».
«Siamo gente d'arme, signora, abituati alle scomodità».
E non solo nelle scomodità pareva starci benissimo, ma riteneva suo dovere farci stare i suoi soldati. Il quartiere, con Amedeo Baldovino, era diventato una specie di paese a parte ma che del paese aveva tutte le libertà, la tromba suonava la sveglia assai più

tardi quando faceva friddo o chioveva, i militari tornavano la sera quando gli diventava comodo. Con Emiliano di Saint Vincent invece gli orari tornarono ad essere regolari, ci furono le esercitazioni in cortile la matina presto e venne magari il castigo di Dio delle lunghe marce. In paese, le rare volte che lo vedevano, il tenente non dava confidenza a nessuno, non taliava manco una fìmmina e al circolo non volle segnarsi.

«Bloodhound!».
La voce alle spalle pigliò di sorpresa Fofò La Matina che stava niscendo dal portone del palazzo con i suoi cani per andarsene a caccia. Si voltò e vide un giovane bellissimo, in divisa. Capì subito che era il nuovo comandante che non aveva ancora conosciuto.
«Sono Emiliano di Saint Vincent, il nuovo...».
«L'ho capito. Mi chiamo Fofò La Matina e sono il farmacista».
«Permette?» domandò il tenente e, senza aspettare risposta, si acculò. Subito i due cani principiarono a fargli feste. L'ufficiale li accarezzò, li taliò dentro la bocca, li accarezzò nuovamente e poi si rialzò.
«Complimenti» disse. «Sono due splendidi esemplari tenuti benissimo».
«Lei ne capisce?».
«Ne ho due ad Asti, a casa mia. E ho pure due foxhound».
«Ma quelli servono per la volpe».
«Già. Però sono velocissimi. E la velocità di un cane da caccia è sempre utile».
Fofò La Matina si rese conto che da mesi non teneva un discorso tanto lungo con una persona.
«Vuol venire a caccia con me?».

Non aveva mai invitato nessuno a tenergli compagnia.
«Grazie. Verrei volentieri. Ma non ho qui un fucile dei miei».
«Gliene presto uno io. Venga con me».
Se lo portò nel quartino che aveva sopra la farmacia e che aveva trasformato in un arsenale. C'erano tutti i fucili dei Peluso e in più i quattro modernissimi che aveva accattato a Palermo. Poi c'era un grande tavolino con sopra scatole di polvere da sparo, bilancini, dosatori, cartucce da fare e cartucce fatte, caps, orlatori, misurini, stoppagli, cartuccere. Emiliano di Saint Vincent quasi si commosse.
«Ad Asti, a casa mia, ho una camera come questa». E principiò a parlare di polveri e di fucili. E Fofò gli rispondeva e ogni tanto si fermavano, si taliavano negli occhi e a tutti e due veniva di sorridere.

Otto

Andarsene insemmola a caccia due o tre volte la simana, quando il tenente era libero dai suoi impegni militari, diventò un'abitudine. Emiliano di Saint Vincent era scappato a Palermo ad accattarsi due fucili, perché non voleva abusare della gentilezza dell'amico e perché, come ogni cacciatore bravo, voleva che le sue armi si adattassero al suo corpo come un vestito con cui si è pigliato confidenza. Ma queste giornate di caccia ammazzavano il fegato del farmacista. Per quanta attenzione e concentrazione ci mettesse a sparare, il tenente era sempre più lesto e preciso. Mirava e premeva il grilletto con eleganza, pareva che non ci dava peso e invece ogni volta pernice o quaglia, coniglio o lebbro, restavano fulminati. Fofò non ce la faceva a stargli appresso.
«Lei manco pare che piglia la mira, tenente».
«E infatti la mira non la prendo come lei. Io non punto all'animale ma all'impressione che ne ricevo».
Un giorno, mentre si riposavano da una lunga battuta, Emiliano di Saint Vincent disse al farmacista:
«Lo sa? Domani è il mio compleanno».
«Venga a festeggiarlo a casa mia» rispose a core leggero il farmacista.

'Ntontò, contenta di vedere una faccia nova, fece preparare a Peppinella una cena da serbarne ricordo. E alle portate il tenente fece onore senza tirarsi mai darreri. Era chiaro che il tenente e 'Ntontò si erano pigliati in simpatia, parlavano e ridevano fra di loro tanto che a un certo momento Fofò ebbe l'impressione che faceva meglio se si susiva e se ne andava a coricarsi. D'altra parte fra i due c'era una curiosa rassomiglianza, parevano fratello e sorella, tutti e due alti e biondi e con gli occhi celesti. E pareva magari che si fossero conosciuti prima. E il farmacista, annacato da quel fitto discorrere, a un certo punto sentì che il sonno lo pigliava. Ci si abbandonò, davanti a un bicchiere di vino. Si arrisbigliò al momento dei saluti.

«Domani andiamo a caccia?» spiò al tenente.

«No, domani non posso. Ma dopodomani con piacere».

Pigliarono appuntamento.

Il piemontese, per ricambiare in qualche modo la squisita ospitalità della marchesa e del farmacista, decise di seguire la tradizione della sua razza e di mostrarsi cortese sbagliando un tiro facilissimo. Fofò, che era sotto di una pernice, andò finalmente alla pari. Fu certamente la contentezza provata per quella parità che mai aveva toccato tutte le volte che erano andati insemmola a caccia a guidargli da quel momento la mano e l'occhio, perché nel giro di qualche ora si fece un patangelo tale che mai e poi mai il tenente avrebbe potuto ripigliarlo. Si incaniarono talmente che continuarono a sparare saltando l'ora del mangiare e fu solo verso le cinque del dopopranzo che stabilirono di riposarsi dato che proprio non riuscivano più a stare addritta per la stanchezza. Con le spalle appoggiate a un tronco, una fiasca di vino tra le gambe, i cani accucciati allato, l'amico assittato al fianco, un fresco odore d'erba torno torno, Fofò La Matina principiò a provare una sensazione che mai aveva gustato nella vita. Si sentiva leggero, tanto che aveva scanto che un colpo di vento più forte potesse isarlo fino alla cima degli alberi e dopo più sopra ancora, fino a farlo perdere in mezzo alle nuvole. Il petto gli si era aperto, ad ogni fiatata gli pareva di poter mettersi dentro due otri d'aria. Si perse a taliare una formicola che gli camminava sopra la mano, a vedere la fatica che faceva a passare da un pelo all'altro.

«... e così ci troviamo in presenza di una singolare progressione geometrica» concluse il tenente.

Fofò si scosse, non aveva sentito niente di quello che aveva detto l'amico. Lo taliò.

«Mi perdoni, non ho sentito».

Il tenente lo vide in faccia e si preoccupò.

«Che ha? Si sente male?» domandò passandogli un braccio attorno alle spalle; non sapeva che quei tratti tirati, quella smorfia delle labbra, erano, per Fofò, l'espressione della felicità.

«No, sto benissimo. Che stava dicendo?».

«La signora marchesa sua moglie, quando mi ha raccontato i dolorosi eventi, non l'ha evidentemente rilevata. E nemmeno lei, suppongo».

«Ma cosa avrei dovuto rilevare?».

«La progressione geometrica. Dunque, chiamiamo ics la data della morte, suicidio, del marchese nonno. D'accordo? Quattro mesi dopo decede, avvelenamento da funghi, il fratello della marchesa. Otto mesi dopo muore, di crepacuore, la marchesa mamma. Sedici mesi dopo il signor marchese, cadendo, passa a miglior vita. Trentadue mesi dopo scompaiono lo zio, la zia, la cameriera, il segretario. E quasi nella stessa data anche il promesso sposo. Dunque la progressione è due, quattro, otto, sedici, trentadue. Ma è acefala».

«Prego?».

«Senza inizio. E per trovarlo, questo inizio, bisogna risolvere ics meno due. Ci ho pensato tutto ieri, sa? Mentre stavo al quartiere. In altri termini: che cosa è successo al primo di gennaio, cioè a dire due mesi prima che il marchese nonno si suicidasse?».

«Ah, se è per questo, è semplice» disse Fofò La Matina «sono arrivato io a Vigàta dopo anni e anni che mancavo».

«Ma lei che c'entra?» fece il tenente intordonuto. «Non vedo la relazione».

«Gliela faccio vedere io. A questa facenna dei numeri non ci avevo mai fatto caso. Ma prima le voglio contare la storia di un caruso di manco dieci anni, figlio di un viddano, un contadino, mi scusi, che anche se riesce a coltivare erbe e verdure capaci di sanare ogni male sempre viddano resta, e questo caruso, venuto in paese a portare ai signori le cose che gli ha dato suo padre, cammina di strada in strada con la testa arrovesciata indietro, a taliare le picciottedde affacciate ai finestroni. Ma un giorno talìa verso un balcone dove c'è una piccilidda di un sei anni che però appartiene alla famiglia più nobile e più ricca del paese. I due si allacciano con gli occhi, lui si paralizza in mezzo alla strada, lei resta immobile a metà d'un gesto che stava facendo d'aggiustarsi la treccina. E nel minuto che viene appresso, i due sono diventati grandi e possono parlarsi con gli occhi come due persone cresciute. Stanno a taliarsi ancora per altri due minuti e dentro un tempo tanto piccolo fanno conoscenza, decidono che sono fatti l'uno per l'altra, si sposano, invecchiano assieme. Fanno un patto. E quando escono da quella taliata, la promessa è diventata solenne. Poi arriva il padre della picciottedda, dà un càvucio nel culo al caruso, gli fa cadere le cose che quello aveva in mano. La vuole sentire una storia d'amore che principia così?».

«Sì. È una bella storia» disse il tenente che era nipote alla lontana di Vittorio Alfieri e a queste cose c'era portato.

Fofò La Matina si appoggiò meglio al braccio dell'amico, pigliò con la sua la mano del tenente che gli stava appoggiata alla spalla e, sull'onda di una felicità che lo faceva quasi cantare, attaccò.

Finì di parlare che già scurava. Emiliano di Saint Vincent, via via che il racconto andava avanti, diventava sempre più immobile e giarnuso. Ora, nello scuro, la sua faccia spiccicava bianca. Quando Fofò ebbe detta l'ultima parola, tirò un sospiro funnuto.

«Cristo!» disse e finì di scolarsi la fiasca di vino. Poi scattò:

«Ma perché ha voluto raccontarmela, questa storia? Nessuno sospettava nulla, nessuno metteva in rapporto lei con quelle morti. Perché l'ha fatto?».

«Perché ho capito, oggi, che mi sono stufato. Per tanti anni mi sono incaponito a volere una cosa e quando finalmente l'ho avuta mi sono addunato che non ne valeva la pena».

«Ma che dice?!».

«Precisamente quello che ho detto; non ne valeva la pena. Né per 'Ntontò né per qualsiasi altra femmina al mondo. Me ne sono fatto capace la matina dopo la prima notte di matrimonio. Lei dormiva, allato a me, io la taliavo e mi dicevo: ma ne valeva la pena?».

Fece una pausa, bevve l'ultimo moccone di vino.

«E la vuole sapere una cosa?».

«Ormai» disse il tenente rassegnato.

«La femmina è lo scarso rimpiazzo di una buona minata».
E non sapeva, Fofò, di formulare un pensiero che molti anni appresso sarebbe venuto in mente, preciso, a un tedesco di nome Karl Krauss.
«Non sono d'accordo» fece Emiliano di Saint Vincent, provando a isarsi ma ricadendo due o tre volte a sedere con le gambe molli, come un pupo senza fili. Ebbe un gesto di disperazione. «Lo sa che io adesso dovrò fare il mio dovere?».
«E lo faccia. Agirà da amico, come sono stato amico io a contarle la verità dei fatti».
E poiché l'altro non ce la faceva a mettersi dritto, gli tese la mano per aiutarlo.

A domanda risponde:
«Il nome Santo Alfonso de' Liguori l'ho scelto per cautelarmi. Tornando a Vigàta dopo quasi vent'anni non sapevo se in paese c'erano ancora persone di quelle che avevano scannato mio padre e avevano cercato pure me per ammazzarmi. Poi il signor Bastiano Taormina mi spiegò che ad assassinarlo furono dei monaci forasteri che pensavano che mio padre avesse fatto un patto col diavolo. Di Santo Alfonso de' Liguori era devoto lo zio parrino nella cui casa abitai a Palermo».
«No. Sono tornato a Vigàta solo per desiderio di rivedere 'Ntontò, come era cresciuta, come era diventata. Non avevo intenzione di fare male a nessuno. E sapevo benissimo che non c'era modo di maritarmela, i Peluso non me l'avrebbero mai data, non l'avrebbero mai data al figlio di un viddano. Fu mentre navigavo col 'Franceschiello' che mi venne il pensiero di ammazzare tutti i Peluso ma sentivo che non ne sarei stato capace».

«Io non minacciai il marchese vecchio. Fu lui a capire, e non so come, che dentro di mia c'era questa idea. Lontana, ma c'era. Si gettò a mare per non essere ammazzato da me. E fu proprio questo fatto a rinforzarmi nel pensiero che se scomparivano tutti i Peluso non ci sarebbe stato più nessuno a fare opposizione al matrimonio».

«Io venni chiamato al letto di Federico Peluso quando stava morendo. Mi addunai subito che nella sua mano destra non c'erano solo sgraffi provocati da spine ma bello preciso c'era magari il triangolo tipico che lascia la vipera quando ha addentato. Lasciai che il dottor Smecca usasse rimedii contro l'avvelenamento da funghi e non quello per il veleno della vipera. Tutto qui».

«Donna Matilde sarebbe comunque morta, si rifiutava di continuare a campare. Le polverine che le scioglievo nell'acqua erano macerato di valeriana, servivano a non farle venire l'appetito. Ma dubito che la fame le poteva tornare».

«Il marchese l'ho ammazzato io, dentro la scatolina delle pastiglie preparate da me per fargli passare l'acidità di stomaco ce ne ho messa una di belladonna. Ma gli ho lasciato il tempo di essere felice e di avere il figlio che voleva. Non l'ho ammazzato prima per questo, mi stava simpatico, pure se sosteneva che il marito di sua figlia doveva essere nobile».

«La negra veniva in farmacia a domandarmi le cose più stramme. Un giorno le ho venduto veleno dicendole che era uno speciale condimento per gli spaghetti. Ci sono restati tutti».

«No, le pìnnole di stricnina che avevo preparato per Impiduglia erano giuste. Che bisogno avevo d'ammazzarlo? Nel caso migliore, incolpato di quattro omicidi, avrebbe passato il resto della sua vita in ga-

lera. E 'Ntontò se la poteva scordare. No: è morto, penso, di coma diabetico».
«La ragione per cui sto dicendo quello che ho fatto non interessa a nessuno. Ad ogni modo la marchesa mia moglie non ne ha mai saputo niente».

«Ma come minchia fa a sostenere che 'Ntontò non ne sapeva niente?» sbottò padre Macaluso. «Quando tutti i Peluso furono cancellati dalla faccia della terra, lei è venuta a confessarsi solo per farmi convinto che senza il farmacista si sarebbe addannata l'anima. Mi ha pigliato per il culo e ha magari fottuto il sagramento della confessione. Quello era il momento giusto. Ma il momento giusto, e il modo, non può essere stato che il risultato di una intesa fra i due».
«E che fa, vossia, va dal delegato a riferire quello che 'Ntontò le ha contato nel confessionile?» spiò la signora Colajanni.
«E già, non lo posso fare. Ma mi ci mangio il fegato».
«Io non sarei tanto sicura che ci fosse un accordo» fece la signora Clelia, ricordandosi del giorno in cui il farmacista l'aveva dragata per lungo e per largo. «Una forza d'amore come quella del farmacista, 'Ntontò può averla sentita a distanza. Che ne sappiamo che poteri aveva quell'uomo?».
«Bisognerebbe spiarlo a 'Ntontò» concluse la signora Colajanni.

Ma a 'Ntontò non fu possibile spiarlo. Quando il barone Uccello, al quale ora toccava il compito di spiegare alla marchesa tutto quello che era successo, ebbe finito di parlare, con i baffi e la barba che parevano pastetta per le lagrime che le avevano assuppate, 'Ntontò non aprì bocca se non per dire: «Grazie dello scomodo, Zizì».

Fresca come un quarto di pollo, a mezzogiorno spaccato si assittò a tavola e si mangiò una minestrina direttamente dal piatto, senza usare cucchiaro e allordandosi tutta.
Più tardi Peppinella, che non la perdeva d'occhio, la trovò a giocare con due palline di carta, gettata affacciabocconi per terra. L'indomani, con battimenti di piedi, pianti e balbettamenti fatti con una vocina sottile, fece capire a Peppinella e a Mimì che voleva aperto il tettomorto. Trovato il suo vecchio lettino di piccilidda, vi si accucciò, si fece la pipì addosso, e s'addummiscì col dito in bocca. Il barone Uccello, chiamato da Peppinella, andò a trovarla nel tettomorto e 'Ntontò, appena lo vide, corse ad ammucciarsi dietro un baule facendo voci che il dottore non lo voleva, che lei non aveva bua. Inutilmente il barone tentò di farsi riconoscere. Poi, stravolto, domandò a Peppinella un bicchiere d'acqua e la serva scese per pigliarglielo. Fu allora che 'Ntontò si susì da dietro il baule e lo taliò ferma e dritta. E il barone, ricambiando la taliata, scoprì, per un momento eterno, che non c'era follia, in quegli occhi, né ritrovata infanzia. Erano gli occhi di una donna di quasi trent'anni, patiti e consapevoli. Abbrividì.
«Che storia laida, eh, Zizì?».
Poi, tornata Peppinella, si acculò nuovamente dietro il baule. Non il dubbio, perché dubbi non ce ne potevano essere dopo quella taliata e quelle parole, ma una lama ghiacciata penetrò nella testa del barone, una ferita che si sarebbe portato appresso negli anni che gli restavano.

Ammàtola il difensore si arrampicò sui muri lisci: la condanna, a petto della completa confessione di

Fofò e della mancanza di pentimento, non poteva essere che quella che fu.
«Ora interponiamo appello» disse l'avvocato difensore.
«No» fece deciso il farmacista.
«E non facendo opposizione ha mandato a farsi fottere i numeri del tenente» fece il ricevitore Colajanni. «Secondo quei conteggi Fofò avrebbe dovuto crepare dopo sessantaquattro mesi dalla morte di Totò Peluso e compagnia bella».
«Quand'è che lo fucilano?» spiò il geometra Fede.
«Tra una simana».
«E allora ci siamo. Il tenente ha ragione. Muore a dieci mesi precisi da quando l'hanno arrestato».
«Me lo vuole spiegare?».
«Certo. Vuol dire che i numeri hanno voluto pigliare un'altra strata, hanno cangiato verso. Sessantaquattro mesi, ha detto? Bene, questa volta si tratta di una semplice somma, sei più quattro, che fa dieci».

I soldati si misero in posizione, la prima fila inginocchiata, la seconda addritta. Emiliano di Saint Vincent si avvicinò al condannato con una pezza nìvura in mano e, mentre lo bendava, sussurrò con voce rotta:
«Mi spiace, sinceramente».
«A me, sinceramente, no» disse Fofò La Matina.

Nota

C'è una famosa pellicola inglese dove si conta che un tale, il quale apparteneva al lato cadetto di una nobile famiglia, amminchia per fatti suoi che deve diventare il titolare assoluto dello stemma. E così, tanticchia aiutato dalla fortuna, tanticchia aiutandosi lui stesso con molto ingegno e ricca varietà di armi, mette in atto l'eliminazione di tutti gli aventi diritto che gli stavano avanti.
Tenendo sempre sottomano l'albero genealogico, a conforto per il già fatto e a sfida per il da fare, egli riesce, con la stessa testardaggine che è caratteristica dei santi e degli scienziati, ad arrampicarsi ramo dietro ramo come una scimmia, fino ad assittarsi trionfante proprio sulla cima. Ma un errore di distrazione alla fine lo consumerà.
Se qualcuno pensa che il mio romanzo piglia radice dalla pellicola, si sbaglia. L'idea mi è venuta ventidue anni fa, leggendo i due volumi dell'*Inchiesta sulle condizioni sociali ed economiche della Sicilia (1875-1876)*, stampati da Cappelli nel 1968. Nascoste fra le millequattrocentoundici pagine (dico nascoste perché ora non ho più gana di andare a ritrovare il punto preciso) ci sono due battute fra uno dei membri della commissione e un responsabile dell'ordine pubblico di un paesino:
«Recentemente ci sono stati fatti di sangue al suo paese?».
«No. Fatta eccezione di un farmacista che per amore ha ammazzato sette persone».

Tutto qua. È da allora che ho principiato a ragionarci sopra, su questa storia. E quando poi ho sceneggiato (con gli amici Suriano e Passalacqua) un brevissimo racconto di Sciascia per la televisione, intitolato *Western di cose nostre*, al protagonista, che era un farmacista, ho prestato, a malincuore, diversi tratti del «mio» farmacista.
Mi pare vera perdita di fiato dover dichiarare che nomi e situazioni (a parte la storia che è alla base del racconto) non hanno rapporto con persone realmente esistenti o con fatti realmente accaduti. Hanno invece rapporto fra me e la memoria della mia terra.

Il romanzo è dedicato a Rosetta, mia moglie. Penso che non le piaccia tanto, non per come è scritto ma per quello che vorrebbe significare. Se è così, accetti la dedica come nuova prova per la sua più che trentennale pazienza nei miei riguardi.

(1990)

Questo volume è stato stampato nel mese di novembre del 1998 su carta Grifo delle Cartiere Miliani di Fabriano. La sovracoperta è realizzata in carta Roma fabbricata a mano e appositamente allestita dalle Cartiere Miliani di Fabriano per la collana «Il castello».

Stampa: Arti Grafiche Pezzino s.r.l., Palermo

Legatura: LE.I.MA. s.r.l., Palermo

Il castello

1 Maria Messina. Piccoli gorghi
2 Enrico Morovich. Miracoli quotidiani
3 Franco Vegliani. La frontiera
4 Ramón del Valle-Inclán. La corte dei miracoli
5 Andrzej Kuśniewicz. Vetrate
6 Vasilis Vasilikòs. La foglia
7 Pavol Dobšinský. Il re del tempo e altre fiabe slovacche
8 Franco Vegliani. Processo a Volosca
9 Paul Hervieu. L'ignoto
10 Giuseppe Dessì. Come un tiepido vento
11 Franz Zeise. L'Armada
12 Maria Messina. Gente che passa
13 Patricia Highsmith. La casa nera
14 Brian Oswald Donn Byrne. Raftery il cieco e la sua sposa Hilaria
15 L'udo Zúbek. La sorgente nascosta
16 Arturo Loria. La scuola di ballo
17 Héctor Bianciotti. Senza la misericordia di Cristo
18 Antonio Tabucchi. Notturno indiano
19 Andrej Platonov. Il mondo è bello e feroce
20 I minareti e il cielo. Racconti persiani del Novecento
21 Vincenzo Consolo. Retablo
22 Andrzej Kuśniewicz. Assenza di gravità
23 Federico De Roberto. Processi verbali
24 Federico De Roberto. La sorte
25 Gesualdo Bufalino. Diceria dell'untore
26 Gesualdo Bufalino. Argo il cieco ovvero I sogni della memoria
27 Friedrich Glauser. Gourrama
28 Richard Aldington. Risposte innocue
29 Karolina Pavlova. La doppia vita
30 Manuel Vázquez Montalbán. Il pianista
31 La noia e l'offesa. Il fascismo e gli scrittori siciliani
32 Angelo Rinaldi. Le rose di Plinio
33 Principessa Bibesco. Il pappagallo verde
34 Friedrich Glauser. Dada, Ascona e altri ricordi
35 James Barlow. Torno presto
36 Ann Radcliffe. Romanzo siciliano
37 Michele Spina. Ad occidente della luna
38 Sergej Dovlatov. Straniera
39 Camilo Castelo Branco. Amore di perdizione
40 Gerold Späth. Commedia
41 Racconti gialli
42 Tayeb Salih. La stagione della migrazione a Nord
43 Vsevolod Ivanov. Asvero
44 Varlam Šalamov. I racconti di Kolyma
45 Edith Nesbit. Al buio
46 Filippo Tommaso Marinetti, Alberto Viviani. Firenze biondazzurra sposerebbe futurista morigerato

47 Franz Zeise. Don Juan Tenorio
48 Max Aub. Jusep Torres Campalans
49 Max Aub. Buñuel: il romanzo
50 Xihong. Gli strani casi del giudice Li
51 Augusto Monterroso. Il resto è silenzio
52 Helena Šmahelová. La fermata del treno dei boschi
53 Shams Nadir. I portici del mare
54 Karel Čapek. Racconti tormentosi
55 Christopher Morley. Tuono a sinistra
56 Frank O'Connor. Il mio complesso di Edipo e altri racconti
57 Stephen Crane. Racconti del West
58 Giovanni Papini. Strane storie
59 Federico De Roberto. La messa di nozze
60 Joan Lindsay. Picnic a Hanging Rock
61 Marco Denevi. Rosaura alle dieci
62 William Somerset Maugham. Il fantasma nell'armadio
63 Henryk Sienkiewicz. Schizzi a carbone
64 Ofèlia Dracs. Il boccone del Cardinale
65 Clarín. Il suo unico figlio
66 Guido Gozzano. Fiabe e novelline
67 Marco Denevi. Assassini dei giorni di festa
68 Thomas Hardy. Una romantica avventura
69 Willa Cather. La bellezza di un tempo e altri racconti
70 Ettore Cantoni. Quasi una fantasia
71 Friederike Mayröcker. Viaggio attraverso la notte
72 Aleksej Tolstoj. Le avventure di Nevzorov ovvero Ibico
73 Thornton Wilder. Idi di marzo
74 Margita Figuli. Tre cavalli bai
75 Andrzej Kuśniewicz. Conversione
76 Nella Larsen. Passing
77 Marco Denevi. Cerimonia segreta
78 Gregor von Rezzori. Disincantato ritorno
79 Chester Himes. E se grida, lascialo andare
80 Alejo Carpentier. I passi perduti
81 Sergej Dovlatov. Compromesso
82 Marco Denevi. Musica di amor perduto
83 Daphne du Maurier. Alla Giamaica
84 John Wain. Un laureato
85 Daphne du Maurier. Non dopo mezzanotte e altri racconti
86 Santiago Grimani. I corridoi della memoria
87 Manuel Puig. Una frase, un rigo appena
88 William Somerset Maugham. Una vacanza a Parigi
89 Marco Denevi. Redenzione della donna cannibale
90 Daphne du Maurier. Il calice della Vandea
91 Ana María Matute. Prima memoria
92 Clarice Lispector. Acqua viva
93 Clarín. Donna Berta
94 Llorenç Villalonga. Morte di dama
95 María Luisa Bombal. L'ultima nebbia
96 May Sinclair. Vita e morte di Harriett Frean
97 Manuel Puig. The Buenos Aires Affair
98 Frank O'Connor. Il raccontatore
99 Emanuele Navarro della Miraglia. La Nana
100 Rosa Chacel. Quartiere di meraviglie
101 Enrico Micheli. L'uomo col panama
102 Andrea Camilleri. Un filo di fumo